Tudo pode ACONTECER (na adolescência)

ISADORA
RICARDO

Tudo pode ACONTECER (na adolescência)

TALENTOS DA LITERATURA BRASILEIRA

novo século®

São Paulo 2016

AQUISIÇÕES
Cleber Vasconcelos

PRODUÇÃO EDITORIAL
SSegovia Editorial

PREPARAÇÃO
Lotus Traduções

DIAGRAMAÇÃO
Abreu's System

REVISÃO
Tamires Cianci
Fabricia Carpinelli

CAPA
Marina Ávila

Texto de acordo com as normas do Novo Acordo Ortográfico da Língua Portuguesa (1990), em vigor desde 1º de janeiro de 2009.

Dados Internacionais de Catalogação na Publicação (CIP)
(Câmara Brasileira do Livro, SP, Brasil)

Ricardo, Isadora
Tudo pode acontecer : (adolescência) / Isadora Ricardo. – Barueri, SP : Novo Século Editora, 2016. – (Coleção talentos da literatura brasileira)

1. Ficção brasileira I. Título. II. Série.

16-02473 CDD-869.3

Índices para catálogo sistemático:
1. Ficção : Literatura brasileira 869.3

NOVO SÉCULO EDITORA LTDA.
Alameda Araguaia, 2190 – Bloco A – 11º andar – Conjunto 1111
CEP 06455-000 – Alphaville Industrial, Barueri – SP – Brasil
Tel.: (11) 3699-7107 | Fax: (11) 3699-7323
www.novoseculo.com.br | atendimento@novoseculo.com.br

Dedico este livro à minha família – a base de tudo.

Agradecimentos

Agradeço primeiramente a Deus, por toda a sabedoria, e por sempre me proteger e me guiar.

Agradeço aos meus pais, Maria e Geraldo, por sempre acreditarem em mim, me apoiar e não medir esforços para a realização dos meus sonhos, dentre os quais publicar o primeiro de muitos livros que ainda estão por vir.

Agradeço aos meus professores, que, de alguma forma, mesmo sem saber, sanaram todas as minhas dúvidas.

Agradeço a todos que, de uma forma direta ou indireta, colaboraram para a publicação deste livro.

Obrigada!

Prólogo

Desde os meus cinco anos, só queria que tudo o que estava mudando em minha família fosse mentira. Eles estavam certos de que eu não entendia o que era um divórcio, mas só de ver meus pais separados meu coração já doía.

Minha vida teria um novo sentido a partir daquele momento. Tudo mudaria, a começar pela cidade onde eu moraria.

Ainda bem que tudo aquilo foi só uma fase, e tudo pôde ter um final feliz (ou triste).

Capítulo 1

Quando meus pais se separaram, eu tinha apenas dez anos, não sabia o que estava acontecendo, por isso nem liguei. Mas, quando cresci um pouco, minha tia me explicou como tudo acontecera. Sim, isso mesmo, minha tia. Pois é, quando eles se separaram, o juiz achou melhor algum parente ficar com a minha guarda em vez de os pais, e assim foi.

Eu, Sophie Lourent, estava prestes a completar 16 anos! Faltava apenas uma semana e eu reencontraria meus pais, que não via há mais de cinco anos. Minha ansiedade estava a mil. A festa já estava sendo organizada, e agora era só esperar o grande dia.

Como quase todas as festas de 16 anos, a minha não podia ser diferente, então ia ser um luxo. Eu morava em Las Vegas, apesar de ter nascido no Brasil. Nos Estados Unidos, as meninas comemoram em grande estilo seu aniversário de 16 anos. Então, não tive uma grande festa de 15 anos para poder ter a de 16.

Adaptei um pouco a festa, por isso chamei cinco amigas para serem minhas "madrinhas" e cinco meninos para serem meus "padrinhos" e acompanhá-las. Para dançar a valsa comigo, chamei meu melhor amigo, Harry. Ele era americano (mas já sabia um pouco do português), tinha mais ou menos 1,70 m, pele clara, olhos verdes e cabelo preto.

Eu iria usar dois vestidos: um curto, para a entrada, que era azul-bebê com um pouco de brilho, e, para a valsa, um longo rosa com brilho. No dia eu dançaria duas valsas, uma com meu pai e a outra com Harry.

Conhecia Harry há oito anos, desde que tinha me mudado para Las Vegas. Lembro que, no meu primeiro dia de aula, Harry estava correndo com seus amigos, e acabou esbarrando em mim. Ele já tinha um celular, mas eu, não, então anotei o número dele e comecei a conversar com Harry pelo celular da minha tia. Dali para frente, ficamos bem próximos.

Para minha festa, havia convidado cerca de quinhentas pessoas, entre amigos e familiares.

Finalmente, o grande dia havia chegado. Passei o dia no salão de beleza com minhas madrinhas, Clarie, Bia, Gabi, Carol e Manu, enquanto Harry, John, Lucas, Raphael, Juan e James se arrumavam. A festa começaria às sete da noite. Quando cheguei, me animei para procurar meus pais, mas sem sucesso, pois apenas os organizadores estavam lá.

Logo na entrada da festa havia uma foto minha, e nela as pessoas que estavam chegando escreviam pequenas homenagens. Fiquei na frente, recepcionando os convidados, mas tive que dar uma saidinha rápida, e, quando voltei, fui ver quem havia chegado. No quadro tinha uma dedicatória de uma certa Flávia, mas a única Flávia que eu conhecia morava em outra cidade e há anos não falava com ela. Podemos dizer que ela era muito próxima de mim, porém eu não a havia convidado. Estranhei, mas tive que ficar ali na frente e não pude ver quem era.

Em torno das dez horas, os convidados começaram a subir no palco para me parabenizar. Primeiro foram as meninas, que passaram um vídeo no telão; logo em seguida os meninos, que cantaram. Então, para minha surpresa, meus pais apareceram no palco e prestaram uma homenagem a mim. Além disso, disseram que haviam se reconciliado, e é claro que me emocionei.

Para finalizar, subiu ao palco minha amiga Flávia, a menina que não via há mais de dez anos, desde que me mudei do Rio Grande do Sul, no Brasil. Ela cantou uma música que nós amávamos, e quase ninguém entendeu por que ela cantou em português, mas eu entendi.

O jantar foi servido às onze, e logo veio a valsa. Primeiro dancei com meu pai, depois, com Harry; com ele demorou mais, e no fim Harry se ajoelhou, abriu uma caixinha com um anel e me pediu em namoro. Quando eu disse "sim", ele me agarrou e me abraçou tão forte que acabei chorando de alegria. Soltou-me e colocou o anel, depois apontou algo para as meninas. Não consegui ver, mas ele me virou para o telão e lá começaram a passar fotos minhas e dele no decorrer da nossa amizade.

Depois da valsa, os convidados se levantaram e começaram a dançar. Eu me sentei um pouco, pois estava cansada, e conversei com Harry. A festa acabou quando o Sol já estava surgindo. Tiramos muitas fotos, e, para terminar com chave de ouro, Clarie e Flávia dormiram em minha casa, mas o que não sabia é o que elas haviam planejado...

Capítulo 2

Posso dizer que dormi muito pouco — em torno de quatro horas —, e, quando as meninas me acordaram dizendo que tinha visita, fui até a sala e Harry estava lá. Estranhei, pois ele estava com duas malas, mas percebi que as meninas também estavam com algumas.

— O que é tudo isso?

Fiquei sem resposta. Eles me levaram até o aeroporto, então decidi perguntar aonde eles estavam me levando, mas não quiseram responder, apenas disseram que eu tinha que esperar. Entrei no avião e meu assento era no meio, ao lado do Harry. A viagem demorou muito, por isso imaginei que estava indo para o exterior, mas foi aí que lembrei:

— Harry, seja lá para onde vocês estão me levando, e as minhas malas?

— Não se preocupe — ele disse calmo.

Quando a aeromoça comunicou que já íamos pousar, fiquei ansiosa. Depois de um tempo, o avião pousou e descobri que estávamos em Londres. Não disse nada, apenas abracei os três.

— Quem bancou essa viagem para mim?

Mais uma vez, sem resposta. Perguntei em que hotel nos hospedaríamos, e eles disseram que ficaríamos em um simples, mas que eu iria amar. Pegamos um táxi e fomos até uma casa. Entrei e me deparei com meus pais.

— O que vocês estão fazendo aqui?

— Nós moramos aqui!

Então eu ficaria na casa de meus pais. Os próprios me disseram que saíram da festa e vieram direto para a Inglaterra, para preparar a surpresa. Não me segurei e chorei de felicidade.

Ficamos vinte dias lá. Eu estava no último ano do ensino médio e não podia faltar muito. No primeiro dia, ficamos em casa, já no segundo saímos para conhecer a cidade, e nos outros dias fomos de metrô conhecer as cidades vizinhas. Eu estava dormindo em um quarto sozinha, minhas amigas, no quarto de visita, e Harry, na sala.

O meu lugar favorito de Londres se tornou um café ao lado do Big Ben. Como a cidade era muito fria, dentro do café tinha aquecedor. No dia em que conheci o lugar, estava nevando, então pedi um chocolate quente, pensando que era pequeno, mas, quando ele chegou, me surpreendi, e ainda era muito barato. Adorei aquele lugar, todo dia que passeava pela cidade passava no café, que se chamava Lorye's Coffee.

Acabei comprando muitas coisas — algumas para mim e também lembrancinhas para meus amigos —, mas quando estava voltando de viagem, o limite de bagagem apitou, então tive que tirar algumas coisas da mala, e quando meus pais fossem me visitar, eles trariam para mim.

A viagem de volta pareceu ser muito mais rápida. Dessa vez meu assento era na frente, só que não era com Harry, nem com as meninas; era com uma criança que viajava sozinha. Ela era inglesa pelo sotaque, então puxei assunto:

— *Hi.* (Oi.)

— *Hi.* (Oi.)

— *How are you?* (Tudo bem?)

— *Good, and you?* (Bem, e com você?) — ela falou tímida.

Ela me fez aquela pergunta, mas não consegui responder. Eu não estava bem, eu estava maravilhada com tudo aquilo.

— *Good, very good.* (Bem, muito bem.) — foi o que respondi.

Ela me contou sua história. A pequena Rally tinha cinco anos, morava em Londres com sua avó e estava indo visitar seu pai, Luan. Sua mãe morava nos Estados Unidos, então elas não se viam tanto, mas o que me fez ficar surpresa foi *eu* estar ao lado dela; deveria haver uma aeromoça ali, mas pelo jeito ela nem se importou, e eu gostei da companhia de Rally. Duas horas depois, o avião pousou e Rally se foi. Então, dessa vez, ao meu lado sentou-se um rapaz de aparentemente uns 20 anos. Ele ficou a viagem toda escutando música — pelo menos o gosto musical dele era bom. Passaram-se horas e horas, e o avião pousou novamente — eu havia chegado a Las Vegas. Pelo que descobri, o rapaz estava indo para o Brasil conhecer o Cristo Redentor.

Desembarquei, peguei minhas malas e pegamos um táxi rumo à minha casa.

Capítulo 3

Cheguei em casa muito bem — os aviões internacionais são bons, pois há uma "cama" neles. Flávia ficou comigo, mas no outro dia ela teria que voltar para sua cidade natal, na Califórnia. Clarie foi embora, pois teve que visitar a mãe, que também havia chegado de viagem. Os pais dela eram divorciados. Harry me deu tchau e foi para sua casa.

Tomei um banho e, logo em seguida, Flávia também tomou. Perguntei se queria comer algo, ela respondeu que não. Ficamos conversando por um bom tempo, e Flávia me contou como havia ficado o Rio Grande do Sul. Disse para mim que, desde que eu tinha saído de lá, a cidade havia mudado muito. Ela me convidou para visitá-la um dia, na Califórnia, e eu prometi que iria.

Conversamos sobre nossas vidas, e ela me contou um segredo: Flávia também estava namorando. Fiquei sabendo de todos os mínimos detalhes.

Acabamos adormecendo. Quando acordamos no outro dia, já estava na hora do almoço. Fizemos a nossa refeição e levei minha amiga para conhecer a cidade. Quando nos demos conta, já eram quatro da tarde, e o voo de Flávia sairia às seis. Corremos até a minha casa, ela tomou um banho, nos arrumamos e fomos para o aeroporto.

Depois de fazer o *check-in,* sentamos à mesa e lanchamos. Ao nosso lado havia uma senhora que devia ser brasileira. Ela estava chorando muito, então tentei descobrir do que se tratava.

Sentado à mesa com ela estava um americano, então ele conversou com ela, e foi aí que consegui entender.

A senhora estava triste pois acabara de perder seu neto, que estava indo para o Brasil, no voo 4683, o mesmo que o meu. Ele perguntou como o rapaz estava vestido e foi respondido com:

— Ele estava com calça jeans, blusa azul, e nunca tirava o fone de ouvido.

Foi aí que me dei conta: era o mesmo rapaz que estava sentado ao meu lado. Senti uma dó imensa da senhorinha, ela estava se debulhando em lágrimas, e eu, paralisada. Ele estava indo conhecer o Cristo Redentor, e nisso acontece uma tragédia dessas.

Não resisti e sentei-me ao lado dela para conversar. Ela me disse, ainda em lágrimas, que o sonho dele desde pequeno era conhecer o Cristo Redentor, e que agora que ele estava indo para lá, porque tinha conseguido um papel em uma longa-metragem brasileiro, ele iria realizar dois sonhos em um mesmo lugar.

Fiquei com ela por um tempo, até que anunciaram o voo da Flávia e tive que ir com ela. Foi um momento tenso e de choro, perderia mais uma vez a minha amiga. Pedi para ela tomar cuidado e qualquer coisa me ligar. Choramos muito e ela teve que partir.

Quando o avião de Flávia decolou, a senhorinha ainda estava lá chorando. Perguntei se ela queria tomar algo, mas ela disse que só queria ficar sozinha, então fui para casa.

Como já tinha carteira de motorista, fui sozinha. Cheguei em casa e Harry estava lá, me esperando para passearmos. Ele estava tão feliz que decidi não estragar aquele momento e fui com ele.

Fui levada até um café que pelo jeito era novo e estava sendo inaugurado.

— Quem é o dono, Harry?

— Meu pai!

— Seu pai?

— Sim, e daqui a um tempo este café será meu!

Ficamos ali, conversando, até que Harry me levou para casa. Subi até o meu quarto e minha tia estava lá. Por mais estranho que pareça, ela estava separando minhas roupas e colocando em uma mala.

— O que você está fazendo, tia?

— Arrumando suas coisas! Você já está no terceiro ano do ensino médio, já pode se virar sozinha!

— Como assim!? Não quero morar sozinha!

— Mas já aluguei seu apartamento, é perto de sua escola.

— Você está me expulsando daqui, tia?

— Não, mas você já pode ter suas próprias obrigações!

— Pelo menos também é perto da casa do Harry — resmunguei.

— Hã?

— Nada, nada não.

Ajudei-a a arrumar minhas coisas e já levei a mala para a sala de estar. Havia um caminhão de móveis usados na frente da minha casa. Perguntei o que era aquilo e por que eles estavam levando meus móveis.

— Já que você está saindo de casa, vendi seus móveis para você ter um bom dinheiro para começar sua nova vida; afinal, você terá que comprar alimentos e pagar o aluguel.

— E onde eu vou dormir? Ou cozinhar?

— Não se preocupe, minha sobrinha, o apartamento inteiro é com móveis planejados.

O caminhão levou minhas coisas, e minha tia me deu uma quantia de dinheiro que realmente dava para começar.

Coloquei minhas malas no carro da minha tia, e ela me levou até ao meu apartamento.

— Você vai precisar voltar lá, ainda tem muita coisa para buscar.

— Isso não é problema.

— Tia, e como irei para a escola? Ou para o shopping?

— Existe ônibus, existe bicicleta e você tem pés. Você só precisará ir ao mercado e à escola, e os dois são aqui perto.

Capítulo 4

Eu não queria morar sozinha, mas tinha que me acostumar. Fiquei no apartamento por cerca de dois meses.

Meus pais tinham me chamado para ir morar com eles, e foi aí que me lembrei: eles estavam juntos de novo, e agora eu podia voltar a morar com eles. Em Londres!

No outro dia, pela manhã, liguei para minha tia, dizendo que não queria mais morar sozinha.

— Mas você não voltará a morar aqui! Já estava decidido há muito tempo.

— E quem disse que quero voltar a morar aí?

— E você quer morar onde? Na rua?

— Não; afinal, meus pais estão se dando superbem. Vou morar com eles.

— Não, nem pensar. Sua guarda está comigo!

— Então eu vou fugir! Não quero morar sozinha!

— Ah, é? E seu namorado, vai deixar ele sozinho?

— Não, né! — Não sabia o que falar, tinha esquecido esse detalhe.

Desliguei o telefone e fui até a casa de Harry, ao encontro dele. Bati à porta.

— Harry, Harry, preciso falar com você. É a Sophie.

Ninguém atendeu, então fui para casa e escrevi uma carta.

Terminei a pequena carta e chorei. Meu "ex" ia ficar arrasado, como eu também estava. Arrumei as malas e comprei minha passagem. Meu próximo destino era a Europa!

"Oi, amor... Ou devo dizer: Oi, Harry.

Fui até sua casa, mas não te encontrei. Na verdade nem imagino onde você esteja. Como você sabe, meus pais estão juntos novamente, e decidi que quero ir morar com eles. Sei que é uma surpresa muito grande para você, mas minha família é tudo para mim. Eu amo muito você e mal começamos a namorar... Mas infelizmente terei que partir. Vai ser muito difícil sem você lá, mas é isso. Espero te rever muitas e muitas vezes. Como namorar a distância é meio difícil, acho melhor terminarmos. É isso, eu te amo, Harry.

De sua ex-namorada, Sophie."

Cheguei à Europa, e meus pais estavam me esperando no aeroporto. Estava cheia de malas, e ainda tinha mais na casa da minha tia.

Eles me levaram até a minha nova casa, e, logo que entrei, Harry me ligou.

— *Sophie, como assim? Como assim você me deixou?* — ele falou chorando.

— Harry, desculpe, mas foi o melhor. Eu não queria isso, mas...

— *Sophie, eu te amo, e mesmo a distância eu quero namorar contigo. Por favor, volta para Las Vegas!* — ele me interrompeu.

— Não posso, desculpa, Harry.

Ele continuou a chorar e desligou na minha cara. Não queria fazê-lo chorar, muito menos que ele sofresse.

A primeira semana foi muito boa: já havia conseguido um emprego temporário para me manter e estava procurando uma casa, perto da dos meus pais, para morar.

Naquele dia, estava voltando do trabalho e um táxi parou em frente à casa de meus pais. Achei que fosse engano e fui para o meu quarto. Logo bateram à porta. Meu pai, que estava de passagem, atendeu o interfone. Ele tentou reconhecer quem era, mas não lembrou. O rapaz disse que queria conversar comigo, e meu pai me chamou.

Para minha surpresa, quando desci, lá estava ele. Harry atravessou o oceano para me encontrar.

— Sophie! — ele falou afobado. — Não vou sair daqui até você aceitar ir a algum lugar comigo para conversarmos.

Concordei, peguei meu casaco e fui.

— Harry, você veio até aqui por mim?

— Sim, Sophie, eu não consigo ficar longe de você!

Paramos em um café. A garçonete logo veio. Eu pedi um cappuccino, enquanto Harry pediu um simples café.

— Por que você fez isso? Por que não me avisou pessoalmente?!

— Você não estava em casa, aí decidi mandar uma carta.

— Sô, não faça mais isso. Eu fui até a sua casa, e sua tia estava desesperada por você ter ido embora, pensando que a culpa era minha.

— Desculpa, Harry!

Ficamos conversando, e ele acabou dizendo que voltaria em dois dias. Logo voltamos para casa, mas no caminho começou a nevar, então acabamos nos divertindo muito. Harry dormiu em minha casa, no quarto de hóspedes.

Quando amanheceu, fui para a escola, enquanto Harry dormia. Voltei, por volta das onze, e ele estava arrumado.

— Aonde você pensa que vamos?

— Passear! Afinal, tenho que aproveitar Londres!

Levei-o a vários lugares, e acabamos almoçando no shopping. Ele me levou a várias lojas e disse que eu podia escolher até três presentes. Escolhi um casaco da GAP, um livro e um colar em que estava escrito "*Forever*".

Voltando para casa, fui ao banheiro e depois ao meu quarto para me trocar. No meio da minha bagunça de roupas, encontrei várias cartas, então decidi ler uma.

"Oi, Sophie. Você é muito linda, sabia? Estou com saudades! De seu admirador secreto..."

Comecei a rir, e li outra.

"Sophie rima com...? Não sei, apenas sei que a minha rima tem a ver com essa canção. De seu admirador..."

Nossa, aquela carta fez com que eu caísse uma gargalhada alta, muito alta.

Peguei uma caixa em que estava escrito: "Com muito amor, de seu melhor amigo".

Abri a caixinha, e lá estava o primeiro presente que ganhei de Harry: uma caixinha de música. Ele foi ao meu encontro e sentou-se ao meu lado, na cama.

— Nossa, faz tanto tempo... Pensei que você já tivesse jogado fora. — Ele me abraçou.

— Não ia jogar fora um presente desses, né, amor...

Olhei para ele. Harry devolveu o olhar, aproximou-se de mim e nos beijamos.

— Como eu estava com saudade disso, Harry.

— Não queria me separar de você.

— Eu também não. Venha morar aqui comigo.

— Mas eu tenho o negócio do meu pai, e... a faculdade.

— Tenta, por favor, por mim!

— Está bom, prometo conversar com meu pai.

— Eba! — Beijei-o.

Capítulo 5

O *fim de semana* havia chegado e, com ele, a despedida de Harry. Eu não podia nem queria acreditar que estaríamos nos separando novamente. Ele se foi mais uma vez, e não tinha nada que poderia fazer com que ele ficasse.

Na volta para casa, encontrei uma garotinha perdida, parei na frente dela e me agachei.

— Oi, qual seu nome?

— Danielle.

— E quantos anos você tem, Danielle?

— Cinco, mas minha mãe disse que não posso conversar com estranhos.

— E cadê sua mãe?

— Procurando algo para comermos.

— Vocês moram na rua, Dani?

— Sim. — Ela olhou para baixo.

— Eu já volto, tá, pequena?

Fui ao encontro da mãe dela e perguntei a mesma coisa.

— Oi, eu sou a Sophie. Estava voltando do aeroporto e encontrei com sua filha. Ela disse que vocês moram na rua, é verdade?

— Sim, sempre quis dar o melhor a minha filha, mas não é possível.

— E se eu fizesse uma proposta a você?

— Depende.

— Quer ir a um café para conversarmos?

— Seria muito bom.

Chamei a garota e, junto a sua mãe, fomos a um café, onde havia um *playground*, o que fez com que a pequenina ficasse feliz.

— Então, Emily, né?

— Sim.

— Eu moro com meus pais, tenho 16 anos e, já que você sempre quis dar o melhor para sua filha, tenho uma proposta.

— Pode falar.

— Minha casa não é muito longe daqui. Eu aluguei uma casa, mas ela está sendo reformada, por isso estou ainda com meus pais. A proposta é a seguinte: e se a Dani fosse morar comigo? Você poderia ir visitá-la todos os dias, e ela teria uma casa, brinquedos e alimentos.

— A sua intenção é boa, mas eu nem te conheço direito.

— Então vamos fazer assim: ela vai lá para casa, faz um teste, e, se ela gostar, fica comigo. Não quero roubá-la de você nem nada, só quero ajudá-la.

— Mas ela não tem roupas, a não ser essa com a qual ela está vestida, e ela é muito pequena.

— Não tem problema. Eu sempre quis ter uma irmã menor. Se quiser, ela pode ir lá para casa hoje mesmo.

— Tá, pela sua bondade, você não vai fazer nada de mal à minha filha. Amanhã eu já posso visitá-la, né?

— Claro, você é a mãe dela.

Levei a garotinha a uma loja, onde comprei uma muda de roupa para ela. Depois fomos até minha casa, e entreguei a Danielle alguns brinquedos com os quais eu brincava quando era pequena.

Quando anoiteceu, improvisei uma pequena cama, e Danielle dormiu ao meu lado.

Na parte da manhã, fiquei em casa esperando Emily, a mãe da menina. Estranhei, pois ela não apareceu, então acabei levando Danielle para almoçar fora.

Voltando do restaurante, em volta de uma mulher, estava uma multidão e vários jornalistas. Fui mais perto, para ver o que havia acontecido, e me desesperei. Como contaria a Dani o que havia acontecido?

— O que aconteceu, titia?

— Ah, nada de mais, uma mulher está dando entrevista — disse.

Danielle começou a sentir falta da mãe e perguntou por ela. Não sabia como iria explicar, mas tinha que contar o que havia acontecido.

— Titia, eu estou com saudades da minha mamãe.

— Meu amor, sua mamãe teve que viajar.

— Para onde?

— Para um lugar bem longe daqui. Agora, ela está te protegendo.

— Eu quero ir junto, me leva para lá.

— Minha pequena, quem vai para lá não volta mais.

— Então, minha mãe não vai mais me ver?

— Ela vai, mas não hoje.

Danielle entendeu o que eu estava dizendo e saltou em meu colo, chorando. Quando ela se acalmou, fui até o juizado de menores, para tentar que meus pais ficassem com a guarda dela.

Depois de muito tempo, conseguimos ficar com ela, que para mim seria como uma irmã mais nova.

Capítulo 6

Minha casa finalmente ficou pronta, e logo fui morar lá. O apartamento era bem-disposto: nele havia dois quartos — o suficiente para mim e para minha "irmã" —, dois banheiros, uma sala e uma cozinha. Era perfeito.

Meu quarto já era planejado, então para o quarto de Dani usaria os meus móveis que estavam na casa de meus pais. Só havia um problema: a garotinha não conseguia dormir sozinha, e toda noite ia para o meu quarto.

Consegui um novo emprego, perto de casa e da minha escola. Meus pais me ajudaram muito, e conseguiram fazer com que Danielle fosse matriculada na mesma escola em que eu estudava.

Dani se desenvolveu muito na questão de superar os desafios, mas, ainda assim, ficava com muito medo de que um dia fossem roubá-la de mim. Ela acabou se tornando a irmã que eu nunca tive.

Naquela noite, estávamos assistindo a um filme e comendo pipoca, e Danielle acabou adormecendo. Por volta das oito horas, a campainha tocou.

Levei-a até meu quarto e fui atender a porta. Quando a abri, uma caixa estava no chão e, com ela, um bilhete. Ajoelhei-me e peguei a caixa. Antes de abri-la, olhei o bilhete.

"Realmente, como conseguiria viver longe de você? Impossível! Meu pai deixou, e, quando você menos esperar, eu aparecerei. "

Harry havia voltado, eu sabia! Abri a caixa e me deparei com um anel e outro bilhete:

''Não quero casar agora, apenas namorar, mas namorar sério para nunca mais te soltar.''

Coloquei o anel e comecei a chorar. Realmente, não dava para vivermos separados. Esqueci-me de fechar a porta, e ela ficou entreaberta. Deitei no sofá e acabei cochilando.

Sem que eu percebesse, Harry entrou em minha casa, deixou um buquê de rosas ao meu lado, trancou a porta e esperou eu acordar do meu cochilo.

Uns vinte minutos depois, acordei, e com o susto gritei. Imagina, você está em casa dormindo e, quando acorda, vê uma pessoa te encarando.

Com o meu grito, fiz com que minha xodozinha acordasse. Ela veio até mim, assustada, e me abraçou. Fiz um sinal para que Harry esperasse e levei-a de volta ao meu quarto.

— O que você está fazendo aqui?

— Quem é ela?

— Eu perguntei primeiro. Seu pai deixou você vir morar aqui?

— Sim, mas disse que eu tenho que passar as férias lá, e que eu vou ter que transferir a faculdade para cá. Ele também disse que eu terei que me virar com casa, alimento e roupa. Mas, agora, quem é aquela menina?

— É uma longa história. Resumindo, Danielle era menina de rua, aí a mãe dela morreu, fiquei com a guarda dela, e agora ela está morando comigo.

— Não acredito que estou aqui com você!

— Eu também não! — Beijei-o.

— Só que hoje vou ter que dormir aqui, tudo bem?

— Sim, sim, claro. Você chegou agora? Já conseguiu casa?

— Cheguei e vim direto para cá, por isso ainda não tenho moradia.

— Então faz assim: a Dani está dormindo no meu quarto, aí você dorme no quarto dela, tudo bem?

Arrumei o quarto para Harry e fomos dormir; afinal, já estava tarde para ficarmos namorando e conversando.

Pela parte da manhã, faltei à aula, mas levei Danielle para a creche. Depois fui com Harry a vários lugares, para ele conseguir algum emprego, e, por incrível que pareça, logo no primeiro dia ele conseguiu. Ele iria trabalhar como caixa no café no qual eu sempre ia.

Harry tinha um carro, mas decidiu vendê-lo e comprar outro em Londres. Então, passei o dia todo em função dele: fomos a uma concessionária e ele acabou comprando um Nissan.

Quando deu o horário do almoço, busquei Dani, e logo fomos almoçar. Às duas, o decorador passaria lá em casa para acertarmos a questão do quarto da pequena. No fim, nada ficou resolvido, pois ela queria o quarto rosa, mas ela também queria dormir no meu quarto.

Na volta para casa, decidimos pegar outro caminho, e com isso acabamos passando por uma escola de balé. No mesmo instante lembrei-me de quando eu era pequena, pois fiz balé até os meus oito anos. Perguntei para a Danizinha se ela queria fazer, mas vi que ela ficou em dúvida, então entrei na academia para ver a tabela de preços e as turmas.

Se ela fosse fazer, entraria na turma Kids 3, e o preço dependia de quantos dias ela quisesse fazer. Acabei matriculando-a apenas para fazer na quinta-feira, e isso queria dizer que logo ela teria a primeira aula de balé.

Capítulo 7

Um curto tempo se passou até que eu e Harry completamos três meses de namoro, e ele me levou a um restaurante. Quando Harry subiu no palco do pequeno restaurante e começou a cantar... apaixonei-me por ele mais ainda.

"Quando eu a vejo, meu mundo desaba.
Quando estou só, ela vem e me abraça,
E esse amor é tão grande,
Não dá para explicar.
Ela me ama, e eu a amo,
Ela não deixa que eu me entristeça.
Ela está ao meu lado,
Ela me observa.
Mesmo que não saiba,

Eu sou apaixonado por ela,
Eu sou apaixonado por ela.
Eu sou apaixonado por ela."

— Espero que minha namorada, Sophie, tenha gostado. E outra coisa: a composição é minha, viu? — Ele piscou.

— Bravo, bravo, como não iria gostar! — gritei.

Quando Harry sentou-se à mesa, falei:

— Eu gosto de tudo que vem de você, meu amor! E quem diria, hein, Harry? Você cantando e tocando para mim! Eu amei!

— Que bom que você gostou, meu amor. Tudo para você.

Ficamos no restaurante até a hora em que a Dani me ligou, pois não a havíamos levado.

— Tia Sophie, eu estava dormindo, mas acordei e não te encontrei. Cadê você?

— Oi, meu amor, eu estou em um restaurante, mas já estamos indo para casa.

— Venha logo, eu estou com medo.

— Tá bom, nós estamos a caminho.

Chegamos em casa e a pequenina veio correndo nos abraçar, como se tivesse visto um monstro. Acalmei-a.

— Eu estava com medo. Vocês esqueceram de mim!

— Não esquecemos, não, é que hoje eu e a sua titia estamos fazendo aniversário de namoro, aí saímos para comemorar —Harry falou.

— Mas da próxima vez me levem.

— A gente te leva, sim. Agora, vamos dormir? — falei.

— Quero assistir a um filme!

— Então, vamos assistir a um filme, mas eu escolho! — Harry respondeu.

Harry foi até ao sofá. Sentei-me ao lado dele enquanto a garotinha deitou no nosso colo.

Assistimos à comédia *Alexandre*.

Na metade do filme, Danielle dormiu. Meu namorado a levou até o quarto, e nós terminamos de assistir ao filme na sala.

Enfim, havia chegado o dia da primeira aula de balé da Danizinha. Ela foi para a escola, depois a busquei e almoçamos. Dani dormiu um pouco, e, quando deu o horário, chamei-a.

Digamos que eu estava mais ansiosa que Danielle, mas pelo que pareceu, depois da aula, ela estava bem alegre.

— E aí? O que achou da aula de balé?

— Eu gostei, gostei muito, muito, muito!

— Sério? Que legal! Pena que agora só semana que vem.

— Ah, me matricula duas vezes na semana?

— Agora não dá, quem sabe mais para frente.

Ficamos esperando Harry na escola de balé, devido à chuva. A turma "Intermediário 2" havia começado a aula, e quando vi quem era a professora, corri para abraçá-la.

— Professora Suzana, que saudade!

— Sophie? Sophie Laurent? Nossa, não acredito que você está aqui. O que anda fazendo?

— Bom, de manhã eu estou estudando, porém de tarde eu trabalho. Nossa, que saudade do balé!

— E por que não volta? Sabia... aqui na escola está faltando uma professora de dança para a turma do "INTERMEDIÁRIO 1". Se quiser, a vaga é sua.

— Sério? Que legal! Mas tenho que pedir demissão... Qual o horário de aula?

— Todos os dias, das 15 às 17 horas.

— Nossa, sério? Então eu peço demissão do serviço! Claro que eu aceito. Nem sei como agradecer, Suzana!

— Que nada, será uma honra trabalhar com uma aluna tão dedicada como você.

— Haha, e eu tenho que trazer algum currículo ou alguma coisa?

— Não, não precisa, já conheço muito bem o seu trabalho. Então, você começa segunda?

— Pode ser, até porque eu ainda tenho que pedir demissão no outro serviço.

— Então está combinado. Amanhã você volta aqui para assinar o contrato e falarmos sobre seu salário, tá?

— Sim, pode ser. Até mais, Suzana.

Capítulo 8

A primeira coisa que fiz quando acordei foi tomar banho para ir até a escola de balé (sim, faltei à aula... de novo). Harry ficaria com Dani enquanto eu estivesse lá.

Cheguei à escola por volta das oito e fui recepcionada pela professora do "Kids 1", Larissa. Ela me levou até a sala da professora e diretora Suzana e conversamos. Realmente o salário era bem alto, e a quantidade de alunos também.

Aceitei a proposta, assinei o contrato e na segunda-feira de manhã aquele seria meu novo emprego.

Já que estava no centro da cidade, aproveitei o percurso e fui até ao supermercado para comprar algumas coisas que estavam faltando. Acho que acabei gastando demais pelo tanto de sacolas que tive que carregar.

Cheguei em casa, e Danielle estava deitada no sofá, assistindo a um desenho, toda coberta.

— O que aconteceu, Dani?

— Titio Harry disse que eu estou doente. Ele falou que estou com febre, aí foi comprar um remédio.

— E por que você não foi com ele?

— Porque estava passando meu desenho favorito.

Sentei-me na beirada do sofá e vi que ela estava realmente com febre e muito pálida. Preparei o café da manhã, porém, antes de se alimentar, minha irmã adormeceu.

Passei o fim de semana com Dani no hospital. Sexta-feira à noite ela ficou muito pálida, então a levei para lá. O médico imediatamente a internou, e provavelmente ela receberia alta na terça-feira.

Meu primeiro dia de trabalho chegara, por isso chamei minha mãe para ficar e dormir com minha irmã no hospital.

Vi que mudar de emprego foi a escolha certa. Não gostava de trabalhar no meu antigo emprego, já no balé, era tudo muito calmo, muito bom.

A aluna mais nova da classe tinha dez anos e todas já faziam balé na sapatilha de ponta. Recapitulei tudo o que elas já tinham aprendido e ensinei um passo novo a elas.

Pelo que percebi, elas haviam gostado, e logo no outro dia eu teria mais aulas para dar, dessa vez com a mesma turma, porém na categoria masculina.

Acordei naquela madrugada, e tudo o que eu queria era que tivesse sido um pesadelo, porque recebi a pior notícia.

Do outro lado do mundo, estava minha amiga, Flávia, no hospital, em estado gravíssimo depois de sofrer um acidente.

Naquele momento, eu só queria estar com ela, no hospital. Não queria ter ouvido o que ouvi, queria que tivesse sido um pesadelo.

Não dormi. Passei a madrugada em claro, apenas recebendo notícias da minha amiga. A primeira notícia que tive dela, após o acidente, foi que ela teria que fazer uma cirurgia na perna, porque, na hora que aconteceu o acidente, a perna dela havia ficado presa em um dos veículos.

Estar com minha amiga californiana, na cidade dela, seria uma ótima ideia; entretanto, eu tinha acabado de começar a trabalhar.

Nunca tive a oportunidade de conhecer a Califórnia, muito menos os californianos. Flávia havia me mostrado a foto do namorado dela e dito o nome dele, então mais do que depressa entrei no meu Facebook e digitei o nome dele.

Mandei a seguinte mensagem:

> *"Hi, Jimmy, are you okay? It is Sophie, a friend of your girlfriend, Flávia. I met her when she was still living in Brazil... Then I learned that she had an accident, are you with her? Please keep me updated."*
> (Oi, Jimmy, tudo bem? É a Sophie, amiga da sua namorada, Flávia. Eu a conheci quando ela ainda morava no Brasil... Então, fiquei sabendo que ela sofreu um acidente, você está com ela? Por favor, me mantenha atualizada.)

Esperei por horas, até que ele me ligou pelo Facetime.

— *Hi, girl* (Oi, menina) — ele disse.

— *Hi, Jimmy. So... how is my friend?* (Oi, Jimmy. Então... como está minha amiga?) — respondi.

Ele rapidamente me mostrou Flávia, com o braço enfaixado e respirando por meio de um inalador. Era tão difícil vê-la assim, ela, que sempre foi tão sorridente. Isso não deveria ter acontecido com ela.

— Oi, amiga — ela falou, com um pouco de dificuldade.

— Flávia, me deixe a par de tudo. Como foi esse acidente? Alguém se machucou além de você? Você está bem? Como foi a cirurgia?

Acho que o namorado dela se assustou por eu falar muito, mas se ele quisesse ficar com minha "BFF", teria que me aturar.

— Calma, Sophie. Eu estou bem, sim. A cirurgia foi tranquila, porém ainda não tenho previsão para sair deste hospital. Ah, e o acidente, não se preocupe, no carro estavam apenas eu e a Akira, e ela não se machucou.

— Akira? Quem é essa? Já me trocou?

— Não — ela começou a rir. — Akira é minha cachorrinha, ela está no veterinário e tem que ficar em observação, mas amanhã mesmo o Jimmy vai buscá-la — Flávia falou, como se nada tivesse acontecido.

— Está tudo bem mesmo, né, amiga? Só liguei para saber de você mesmo... Queria muito estar aí com você, mas a distância não facilita. Melhora logo para a gente ir para a praia, está bem? — disse brincando.

— Está bom, pode deixar que vou melhorar antes do esperado — ela articulou as palavras rindo, e por fim desligou.

Decidi dormir, pois já sabia que minha amiga estava melhor. No entanto, antes liguei para minha mãe e perguntei se ela precisava de alguma ajuda no hospital. O retorno foi que não, então adormeci.

Capítulo 9

O segundo dia de balé foi bem cansativo, talvez pelo fato de eu quase não ter dormido, mas vi que os bailarinos realmente tinham talento. E, se quisessem continuar naquele rumo, seriam bem-sucedidos.

Depois do término da aula, fui para o hospital, e, graças a Deus, Dani receberia alta naquela noite. Acabei jantando com ela no hospital e depois de um tempinho a enfermeira nos liberou.

Ela dormiu cedo, então aproveitei para ver alguns passos de balé para ensinar para os alunos. Pelas oito da noite, a secretaria da escola me ligou, perguntando porque eu havia me atrasado no dia anterior. Expliquei que minha amiga sofrera um acidente, minha irmã estava internada e eu havia começado a trabalhar. Aceitaram a desculpa e disseram que eu não podia mais me atrasar. Concordei e desliguei.

A quarta-feira havia chegado, e eu estava mais feliz do que esperado. O aniversário de Harry estava próximo e, com isso, minha amiga iria me visitar se ela estivesse melhor.

Acordei minha pequena, tomei um banho e fomos para a escola. Ela queria almoçar fora, então convidei Harry e acabamos almoçando no shopping que ficava perto dali.

Ele me levou para o trabalho e voltou com Dani para o shopping. Retornando a minha casa, encontrei com meu pai, que me deu uma carona e pediu que fôssemos jantar na casa dele naquela noite. Aceitei e avisei minha irmã e meu namorado.

Quando abri a porta de casa, um cachorrinho de pequeno porte veio até mim.

— Harry, Dani? Quem é essa fofura aqui?

— Não está vendo que é um shih tzu? — Harry ironizou.

— Tá, mas de quem é?

— Essa é a Mel, a nova cachorrinha da Dani! — ele falou.

— Você comprou um cachorrinho para ela?

— Não, titia, ele adotou! — Dani se intrometeu. — E foi eu quem escolheu o nome.

— Dani, já te disse que não é para você me chamar de tia, me chama de irmã ou de Sophie!

— Tudo bem, mas você gostou da Mel?

— Gostei sim, mas agora temos que nos arrumar!

— Para quê? — os dois falaram em coro.

— Porque vamos jantar na casa dos meus pais!

Arrumamo-nos e em torno das sete horas da noite estávamos prontos, então fomos para o jantar e acabamos levando a nova integrante da família.

A janta foi espaguete à francesa, com direito a sobremesa de bolo com nozes. Minha garotinha pediu para dormir na casa de meus pais, mas acabamos indo embora.

Harry foi para minha casa. Como não conseguimos dormir, ele fez uma tigela de brigadeiro e assistimos a um filme romântico. Acordamos no sofá, ele sentado e eu deitada no colo dele.

Despertei com a Mel no meu colo e, quando olhei no relógio, levantei-me em um pulo, pois estava atrasada para a aula, e naquele dia faria a entrevista para estudar nos Estados Unidos. Levantei-me, tomei banho e deixei um recado para Harry, dizendo que já tinha alimentado a cachorrinha e que era para ele deixar a Danielle na casa de meus pais.

Cheguei à escola com doze minutos de atraso, minha sorte foi que a professora havia se atrasado também. O representante de Harvard já havia chegado e estava entrevistando uma estudante.

Às nove, o representante me chamou para conversarmos. A entrevista foi tranquila e logo fui liberada. O resultado sairia depois de uma semana e eu estava muito ansiosa.

Naquele dia não tive aula, então fui direto para casa, mas havia me esquecido de um detalhe: se eu voltasse para casa sem nada, Harry pensaria que eu não tinha me lembrado.

Não tínhamos combinado nada, mas era nosso quarto mês de namoro e eu não podia deixar passar em branco. Primeiro passei em uma loja de presentes, cujos mimos variavam de acordo com cada signo.

Eu não acreditava nessas coisas de horóscopo, mas entrei porque fiquei curiosa, e acabei me interessando pelos presentes. Como o signo dele era gêmeos, a moça me indicou de presente livros ou acessórios para celular e eletrônicos em geral.

Pensei em comprar uma câmera, mas achei melhor deixar a câmera para o aniversário dele, então comprei um livro e chocolates. Deixei minha irmã na casa de meus pais para aproveitarmos o dia.

Chegando em casa, a Mel veio correndo para cima de mim, e no caminho para a cozinha havia pétalas de rosas... Aquilo era armação do meu namorado. Tranquei a porta, deixei minha bolsa no sofá, peguei a cachorrinha no colo e fui até a cozinha.

Abri a porta. Estava tudo escuro. O que iluminava era uma vela, contudo não havia ninguém lá, então decidi me sentar. No instante em que me sentei, Harry apareceu atrás de mim, com um buquê de rosas.

— Você demorou para chegar, fiquei preocupado — ele falou.

— Você que fez tudo isso, meu amor?

— Sim, gostou?

— Amei — disse sorrindo.

— Feliz quatro meses de namoro! — ele gesticulou se sentando.

— Feliz quatro meses de namoro para você também!

Harry havia cozinhado batata recheada, e tinha ficado uma delícia. Ficamos ali, namorando, até que chegou o horário de ir para a academia de balé.

Meu namorado me buscou depois da aula e voltamos para casa e assistimos a vários filmes. Nosso dia estava sendo perfeito, até a minha mãe me ligar.

— Oi, mãe!

— Pede para o Harry vir buscar a Danielle urgentemente.

— Por quê? O que aconteceu? — perguntei.

— Ela ingeriu algum alimento e provavelmente era alérgica a ele.

— Qual foi a última coisa que a senhora a deixou comer?

— Mousse de morango, e acho que foi isso. Vem logo, ela está toda vermelha!

— Tá, já estou indo! — desliguei.

Contei o ocorrido a Harry e fomos até a casa de meus pais para levar Dani para o hospital. Realmente, minha irmã estava bem empolada. Peguei-a no colo e fomos para a unidade médica.

Eles examinaram-na e mais uma vez em menos de uma semana ela ficou hospitalizada. Como minha mãe tinha compromisso, tive que ficar com Dani no hospital. Minha pequena pediu para assistir a um filme, então disse para Harry ficar com ela no hospital enquanto eu ia para casa buscar roupas e o computador.

Voltando à enfermaria, encontrei Dani um pouco melhor. Ela assistiu a alguns filmes, até que a minha mãe chegou para ficar com ela. Voltei para casa, tomei um banho e Harry me levou para jantar, porque ele dizia que não tinha dado tempo de fazer tudo o que ele queria. Acabei entregando o presente dele no jantar. Saímos do restaurante por volta das onze e fomos para o hospital dar boa-noite para a Dani.

Capítulo 10

A diretora da escola havia me dado folga na quinta-feira, pois levei o atestado médico de que fiquei cuidando da minha irmã no hospital. Aproveitei a folga e fui ajudar Harry a escolher alguns móveis para ele, mas não compramos nada.

Acabamos decidindo que compensava esperar pela resposta da minha faculdade. Na semana que se seguiu, ele dormiu em meu apartamento.

Os sete dias seguintes passaram voando, e o dia do resultado chegara. Acho que pela ansiedade, consegui acordar cedo, mas digamos que cedo demais.

Quando olhei o relógio, ainda eram três da madrugada. Voltei a dormir e só acordei por conta da Dani sentada em mim.

— Parabéns, pro titio!

O resultado da prova sairia ao meio-dia, então fui para a escola.

Almoçamos na casa de meus pais, depois me sentei no sofá e liguei o computador. Abri o site da Harvard e olhei a lista dos aprovados.

Fui lendo os nomes e perdendo as esperanças, pois o meu não estava lá, até que li o último nome: Sophie Lourent Moore. Eu havia sido aprovada na melhor universidade do mundo! Comecei a chorar de emoção.

Com todo o ocorrido, acabei perdendo o horário da minha aula de balé, mas consegui chegar a tempo. Ela foi bem tranquila, porém dessa vez tive que dar aula em dobro, porque a professora da turma que minha irmã frequentava estava doente, então eu quem deu o curso.

Voltei tarde da escola. Antes de ir embora, não sabia por quê, mas Suzana queria falar comigo. Fui até a sala dela e me surpreendi ao ver minha antiga professora de balé chorando.

— Então quer dizer que perderei minha melhor aluna e professora? — Ela disse entre lágrimas e sorrisos.

— Por que você me perderia? Estou sendo demitida?

— Não! — Ela sorriu. — Eu nunca teria coragem de te demitir, você é uma ótima professora. Mas fiquei sabendo que você vai voltar para os Estados Unidos!

— Ah, mas ainda faltam dois meses, continuarei trabalhando aqui até o dia da minha ida.

— Eu sei, mas, para ano que vem, precisarei de outra professora.

— Isso é verdade! Mas você vai achar alguém melhor!

— Eu espero. Parabéns pela conquista, Sophie.

— Obrigada. — Sorri.

Decidi ir para casa a pé, pois queria passar no supermercado. Comprei uma caixa de chocolates e um caderno, porque tinha que começar a organizar minhas coisas.

Chegando em casa, fui fazer um achocolatado para Dani. Enquanto ela bebia, sentei ao lado dela e perguntei o que ela achava de eu ter que me separar dela. Ela disse que ficaria triste, mas aceitou o fato de que isso provavelmente aconteceria.

Decidi abrir o mapa de buscas para apartamentos em Cambridge. Achei um que ficava a duas quadras da faculdade, entrei em contato com o dono e aluguei o apartamento para o ano seguinte.

Eu já havia decidido que iria voltar para os Estados Unidos, mas Danielle não iria comigo, e eu ainda não sabia se o pai do Harry autorizaria a volta dele, uma vez que meu namorado já havia se mudado para o outro lado do mundo por minha causa.

Estava terminando de arrumar as malas. Aluguei um apartamento mobiliado, então todos os móveis ficariam com minha mãe. Não acreditava que já estava indo para a faculdade, que desde que eu havia recebido a notícia de que tinha sido aceita já haviam se passado dois meses.

O dia chegara. Ainda não estava consciente de que deixaria tudo para trás para começar uma nova vida. Harry não havia conseguido a transferência e, vendo que namorar a distância não ia dar certo, decidimos dar um tempo.

Assim que ele terminasse aquele semestre, viria para cá e se manteria sozinho, mas mesmo assim demos um tempo, para conhecer novas pessoas e novos lugares.

Claro que eu não queria fazer aquilo, não queria deixá-lo para trás, mas no momento era o melhor a se fazer.

Cheguei aos Estados Unidos numa terça-feira pela manhã. Ainda estávamos em janeiro, porém, havia aula e trabalhos para resolver. Por sorte, cheguei no dia do aniversário de um famoso engenheiro, que ajudou a construir a cidade, então isso significava feriado.

Decidi não avisar a Flávia que estava indo vê-la. Eu queria fazer uma surpresa. Minha amiga já havia saído do hospital há um mês. Nem dava para acreditar que ela tinha sofrido um acidente, pois ela estava tão radiante quando chegamos.

Fiquei encantada com a praia e passamos o resto do feriado lá. Acabei conhecendo o Jimmy, que já falava o português razoavelmente.

Eu havia amado a Akira, cachorrinha da Flávia, e queria levá-la para casa, mas eu iria adotar uma para mim, já que a Mel havia ficado na Inglaterra com meus pais.

O dia da despedida foi o pior, como sempre. Flávia iria se preparar para me visitar nas férias de verão.

Faltava exatamente uma semana para as aulas da Harvard começarem e eu estava muito ansiosa. Queria conhecer meus novos professores e minhas amigas, quem sabe.

A última semana de férias passou voando. No domingo fui ao shopping e comprei algumas roupas.

Eu iria trabalhar numa escola de balé, de novo... Mas, fazendo o que gostava, já estava bom. Ganharia menos do que ganhava na Inglaterra, mas dava para me sustentar.

Na hora de dormir, meu peito doeu. Estava sentindo muita falta de Harry, da Dani e também da minha família. Por incrível que pareça, até da minha tia e de Las Vegas eu sentia saudades.

Finalmente, segunda-feira havia chegado, e minha ansiedade, desaparecido. Eu tinha escolhido estudar de manhã. Acordei às seis, tomei café e fui para a universidade.

A escola era perto de casa, então ia a pé. Chegando lá, sentei em uma das mesas do jardim e peguei o livro que estava lendo: *The selection*, da Kiera Cass. Foi quando uma menina falou:

— *Hi, girl. What's your name?* (Olá, menina. Qual o seu nome?)

— *Hi, my name is Sophie, and you?* (Oi, meu nome é Sophie, e você?)

— *My name is Giovana! I'm brazilian, and you?* (Meu nome é Giovana! Eu sou brasileira, e você?)

— Outra gringa aqui? Oi, eu também sou brasileira! — falei.

— Sério? — ela retrucou. — Que legal, que livro você está lendo?

— *A seleção*, da Kiera Cass. Já leu?

Ela tirou algo da mochila.

— Estou lendo o terceiro volume, *A escolha* — ela sorriu.

— Que legal!

Descobri que Giovana era de minha sala. Acabei ficando bem amiga dela. Descobri também que ela era de Santa Catarina, perto de onde eu morava.

A primeira aula de Design foi perfeita. No primeiro semestre estudaríamos medidas, proporções e ângulos, uma matéria não muito agradável, mas que valia a pena.

Estava ansiosa para o segundo semestre, no qual estudaria os tons de cada cor. Desde pequena dizia que meu futuro seria aquele.

Terminaria a faculdade com 20 anos. Minhas amigas sempre me disseram que, com 20 anos, elas estariam *começando* a faculdade. Nunca aceitei o fato de elas me julgarem por causa de uma coisa que não foi de minha escolha.

Quando eu estava na segunda série, recebi uma proposta para estudar em um internato, começando na quarta série. É claro que meus pais aceitaram de primeira e de um dia para o outro eu havia pulado dois anos de aprendizado.

Fui para o internato, mas me senti diferente. As meninas da quarta série tinham entre 11 e 12 anos, e eu tinha 9, por isso não me identifiquei com nenhuma delas.

Passei três meses inteiros pedindo para voltar à minha escola, mas meus pais não deixaram, porque senão eu teria que regressar para o segundo ano.

Porém, as vagas para o Internato Século XXI haviam sido abertas, então resolvi esperar.

Antes de as vagas serem abertas, no meu quarto, dormíamos eu e mais uma menina, Isabelle. Ela tinha 11 anos, e também estava adiantada, só que no sexto ano.

Depois da seleção para os alunos entrarem na escola, passamos a dormir eu, Isabelle e Flávia (com quem até hoje mantenho contato). A partir dali ficaríamos bem próximas, e, quando entrávamos em férias, ninguém sabia a falta que sentia dela.

Depois de um ano, meus pais se separaram. Como eu tinha apenas dez anos, meu mundo parecia estar desabando. Meu pai foi para a Inglaterra e minha mãe, para os Estados Unidos, mas, quando completei 13 anos, ela foi para a Inglaterra. Eu fiquei com minha vó, e depois de três anos teria que ir para os Estados Unidos morar com minha tia.

Foi nessa mesma escola que namorei pela primeira vez. O nome dele era Frederico, e eu o namorei quando tinha 13 anos, mas não durou mais de seis meses. No final das contas, ele estava ficando com outra menina. De qualquer modo, Frederico foi meu primeiro amor. Nunca me esquecerei dele, que foi o meu primeiro namorado, o meu Fred.

Na época em que o namorei, estava tão iludida que, no meio das aulas, até poemas de amor fazia. Um deles não tive coragem de entregar a ele:

"Cabelos cacheados e loiros.
Meu anjinho protetor
Saía com os amigos,
Mas não deixava de ser meu leitor.

Nas piores poesias,
Ele me dizia:
Ajudo-te nas melhorias.

Tão bem me fazia
E nem percebia.

Para sempre será
Meu Frederico.
Meu primeiro namorado
E protetor amado."

Frederico me fazia tão bem, uma pena que não tivemos um final feliz. Lendo todas aquelas poesias, ficava imaginando como seria se ainda estivéssemos juntos. Sentia saudades dele, mesmo depois do que ele tinha feito.

Decidi entrar no meu Facebook e procurar por ele. Achei. Frederico Fettini. Ele continuava loiro, porém tinha alisado o cabelo. No status de relacionamento havia "Em um relacionamento sério com Laura Lyssa". Ela era bonita. Mas, afinal, por que estava me preocupando tanto com ele? Fechei o computador e, como estava na universidade, sentei na grama do jardim e voltei a ler enquanto a aula não começava.

De tarde, fui para a escola de balé. Quando voltei de lá, liguei para minha mãe para saber como Harry estava. Ele estava melhor.

Eu estava com fome, mas não queria cozinhar, então fui a uma lanchonete, que ficava a cinco quadras do meu apartamento. Voltando de lá, minha irmã me ligou pelo Facetime. Ela me contou sobre a nova professora de balé dela, os amigos, a minha família, a Mel e Harry. Eu disse que tinha adotado uma cachorrinha, era uma pug, e o nome dela era Wuffy.

Dani disse que queria conhecê-la e que, pela foto que eu tinha mandado para ela, a minha cachorrinha era muito fofa.

Capítulo 11

A faculdade de Design era legal, mas eu esperava mais. Tive um incentivo para escolher Design, e esse incentivo foi minha prima Larissa. Mamãe vivia estressada com o trabalho de nutricionista, então decidi não trabalhar com nutrição para não ser estressada.

Muito pelo contrário, minha prima Larissa trabalhava com design de joias. Ela vivia viajando e curtindo a vida com o emprego, que lhe proporcionava muito dinheiro.

Minha prima foi meu incentivo, então eu não desistiria da faculdade e lutaria até o fim. No momento em que disse o que faria do meu futuro, ela ficou muito feliz, e não queria desapontá-la.

O primeiro mês de aula passou bem rápido. A cada dia que passava, mais saudades eu sentia de Harry. Era como se ele estivesse comigo, mas não fisicamente.

Eu tinha acabado de acordar e visto meu celular. Havia várias notificações do Facebook, Whatsapp e várias chamadas perdidas. Decidi ver o que era, e a primeira mensagem era da minha mãe.

"Filha, por que não atende ao telefone? Estou tentando falar com você, mas você não me atende. Quando vir esta mensagem, entre em contato. "

Fiquei apreensiva.

"Oi, mãe, o que aconteceu? Você está bem? E o papai? Estou preocupada."

"Oi, filha, que bom que me respondeu. Entra no site de notícias urgente."

Peguei meu notebook, deixei meu celular de lado e entrei no site. Quando abri, a primeira notícia dizia: "Assalto em shopping deixa vários feridos; ninguém morreu". Abri a reportagem. Seis homens ficaram feridos, eles estavam sendo identificados por L.M, J.A, M.C, F.F, P.G e H.C. Embaixo dos nomes, havia uma foto um pouco distorcida, mas dava para saber quem era.

"Mãe, é o Harry! Como ele está? Você está com ele?"

Fiquei desesperada pela resposta.

"Sim, filha, é Harry Costner. Ele está inconsciente, mas, segundo os médicos, seu estado é estável. Não estou com ele, mas seu pai está indo agora para lá. Não se preocupe, e não invente de vir para cá."

Eu queria ir para lá, sim, mas estava no meio de um semestre. Resolvi ver as outras notificações, e todas se relacionavam ao assalto com feridos, no qual o Harry estava.

Sei que tínhamos dado um tempo, mas isso não queria dizer que não iríamos mais namorar. Eu ainda queria ficar com ele, por isso estava tão preocupada.

Estava tão desesperada, não sabia o que fazer, e se acontecesse algo com ele? A culpa não era minha, mas me sentiria culpada por não ter ido ver como ele estava.

Segunda-feira era feriado, então decidi ir vê-lo. Peguei o voo sexta-feira de noite e cheguei lá de madrugada. A primeira noite decidi ficar em um hotel, para não atrapalhar o sono dos meus pais.

Logo amanheceu, e fui para o hospital. Harry ficou surpreso ao me ver.

— O que está fazendo aqui, Sophie? E sua faculdade?

— Calma, hoje é sábado, passarei este fim de semana com você.

— Que saudades que estava de ti.

— Eu também estava, Harry, mas, me diga: como isso aconteceu?

— Eu estava no shopping, na relojoaria. Pode pegar minha mochila ali?

Eu peguei e Harry me explicou que estava comprando um anel para mim e pediu para eu abrir uma pequena caixa em que estava o anel.

— Isso tudo era para você. Neste feriado eu iria para Cambridge te fazer uma surpresa. Comprei esse anel para te presentear, mas aí, quando estava saindo para jantar com uns amigos, gritaram, mandando entregar as coisas valiosas. Eles estavam armados, e, no momento que deixei as coisas no chão, um deles disparou a arma, e a bala atingiu minha perna.

— Esse anel era para mim? — disse.

— Sim, eu ia te pedir em casamento... Assim, nós ficaríamos juntos, e meu pai não nos separaria.

Ficamos conversando até que o médico chegou e disse que Harry teria que fazer uma cirurgia. Ele foi, e eu fiquei esperando por ele, olhando e relendo a carta.

A cirurgia terminou e deitaram Harry na maca.

— Está tudo bem, Harry?

— Sim, só um pouco cansado.

Sentei na maca, ao lado dele.

— Sim, eu aceito.

— Hã? — ele falou, confuso.

— Eu aceito este anel. Eu aceito ser sua noiva!

— Sério? — Ele se sentou e me beijou. — Eu estou noivo? Eu estou noivo da mulher mais linda do planeta!

— Mas, calma aí... Você sabe como eu sou com essas coisas. Agora que você está noivo, pode ir morar comigo, mas não quero me casar com 16 anos... Só depois dos 20, você sabe...

— Tudo bem! E agora não adianta, o que meu pai falar não vai ter valor, eu irei para Cambridge com você!

Fiquei tão feliz com a reação de Harry. Um pouco depois, chamei a enfermeira e perguntei por quanto tempo ele teria que ficar ali. Ela disse que em uma semana ele poderia estar em casa, mas sendo auxiliado por cuidados médicos.

Contei a ele, que disse que assim que saísse do hospital falaria com seu pai e iria para Massachusetts.

O feriado passou rápido e logo tive que voltar para minha cidade. Na segunda-feira à noite e eu estava exausta. Tomei um banho e dormi, porque teria que acordar cedo no outro dia.

Capítulo 12

As duas últimas semanas do mês passaram rápido, e, quando vi, eu já estava no aeroporto buscando Harry, porque ele ainda não conseguia dirigir.

Agora, podia dizer que eu não era mais namorada de Harry, eu era *noiva* dele. Meu *noivo* (não canso de dizer isso) só conseguiria andar sem muletas na próxima semana, então, quando eu ia para aula, ele ficava em casa vendo séries de ação (eu nunca entendi tal gosto por tantas tragédias e disputas).

Quando disse a minha mãe que estava noiva, pensei que ela iria surtar e querer me matar, mas ela aceitou numa boa pelo fato de Harry ser um bom homem.

Harry estava quase terminando a faculdade de Cinema. Desde de criança ele sonhava em exercer essa profissão. Porém, depois do ocorrido, ele teve que dar um tempo.

Harry era três anos mais velho que eu, mas nos dávamos superbem, como se ele fosse da minha idade.

A formatura dele seria em março, época em que ele já teria seus 20 anos.

Sempre quando podia e conseguia, eu passava o dia com Harry, porque ficar direto em casa, sem nem conseguir fazer algo, deve ser bem ruim.

Meu apartamento era pequeno: nele havia dois quartos, um banheiro, a sala e a cozinha. Mas, apesar disso, era muito aconchegante.

A Wuffy gostou bastante de Harry; quando ele ficava em casa, ela fazia companhia.

Até que as duas semanas passaram rápido, e no sábado levei meu noivo para o hospital, pois ele tiraria o gesso e voltaria para casa.

O hospital estava lotado, então demorou bastante para Harry ser atendido. Chegamos lá por volta das oito e saímos ao meio-dia. Fomos direto a um restaurante almoçar.

O fim de semana passou mais rápido que o esperado. Como segunda-feira de tarde eu não tinha aula para ministrar, fui com Harry até a faculdade dele, e logo de primeira ele conseguiu um estágio na Cambridge Studios.

Ele começaria a trabalhar na outra semana, mas sua faculdade começava no dia seguinte.

Foi aí que lembrei: quando éramos crianças, ele me dizia que queria conhecer Miami. Como tinha uma prima lá, decidi checar as passagens e achei uma por 980 dólares

Vi também quando seria o recesso da faculdade, e do período de 9 a 16 de fevereiro os professores estariam em um curso. Pedi uma folga de uma semana na escola de balé e comprei a passagem.

Harry não se importaria de perder alguns dias de aula e de trabalho. Preferi não avisar nada, queria fazer uma surpresa. Mas, para ele não perder o estágio, avisei que ele faltaria uma semana, como também avisei a universidade.

Chegara o dia do aniversário dele. Eu havia comprado um presente para meu namorado/noivo, uma câmera/filmadora, assim ele poderia fotografar a viagem inteira.

No almoço, eu disse a Harry que precisava buscar uma amiga no aeroporto e pedi para ele ir junto, as malas já estavam no carro.

O voo era meio-dia; chegaríamos lá por volta das quatro da tarde. Quando o puxei Harry para dentro do terminal, ele me perguntou o que era aquilo. Foi aí que respondi.

Ele ficou superfeliz. Viajamos tranquilos; enquanto Harry admirava a vista, eu peguei meu fone de ouvido, coloquei uma música e comecei a me lembrar de todos os momentos felizes e tristes que havíamos passado.

Acabei adormecendo. Quando acordei, tinha um suco e um saquinho de bolacha à minha frente, que o avião fornecia. Harry não estava lá, devia ter ido ao banheiro.

Na hora que comprei a passagem, vi que faríamos uma escala na Carolina do Norte, e pelo jeito já haviam feito essa escala, pois não eram as mesmas pessoas que estavam ao meu lado.

Olhei para trás, para frente, e Harry não estava em nenhuma das poltronas; devia ter ido mesmo ao banheiro. Logo em seguida, olhei para o lado. No assento havia um homem, mexendo no computador. Ele era muito parecido com Frederico, então decidi perguntar:

— *Hi, you remind me of a childhood friend. What's your name?* (Oi, você me lembra um amigo de infância. Qual seu nome?)

— *Hi, my name is Frederico. I'm brazilian.* (Oi, meu nome é Frederico. Sou brasileiro.)

— *Oh, really? What part of Brazil*? (Sério? De que parte do Brasil?)

— Rio Grande do Sul.

Fiquei reparando nele, e os traços me lembravam do Frederico. Criei coragem e perguntei:

— Já que é brasileiro, deve saber falar português, né? Hahaha. Você se lembra de mim?

Ele me observou e negou com a cabeça.

— Sou Sophie, Sophie Lourent. Se eu não me engano, estudei com você em um internato.

— Sophie? — ele perguntou abismado. — Você está tão diferente! Agora me lembrei de você! — E sorriu.

— Quanto tempo! O que faz por aqui?

— Ah, estou fazendo um estágio de engenharia mecatrônica e ganhei uma viagem de férias para Miami. E você, o que faz por aqui?

— Nossa, que legal! Bom, é uma longa história. Quando vim para os Estados Unidos, fiquei em Las Vegas com minha tia. Ano passado fui morar com meus pais na Inglaterra, já que eles haviam reatado, mas ganhei uma bolsa de estudos para Nova York e voltei para cá. Também estou indo para Miami!

— Está indo sozinha?

— Não, estou indo com meu noivo, hoje é aniversário dele. O nome dele é Harry, deve estar no banheiro.

Nesse momento olhei para trás e o vi voltando. Harry sentou-se e eu o apresentei para Frederico, mas deu para perceber que ele sentiu ciúmes.

O voo já estava terminando, e eu já estava arrumando minhas bagagens de mão. Vinte minutos depois, estávamos em solo litorâneo.

— Foi bom te ver, Fred.

— Eu amei te reencontrar, aproveita Miami. Até mais.

Ele deu um beijo em minha bochecha e saiu. E o ciúmes mais uma vez bateu em Harry. Descemos do avião, pegamos um táxi e fomos até a casa da minha prima, Anne.

— Sophie, que saudade — ela gritou quando me viu.

— Quem é esse? — ela cochichou.

— Oi, Anne. Este é o Harry, meu noivo.

— Como assim, noivo? Você não está com 16 anos, prima?

— Sim. É que, se não fizéssemos isso, ele não poderia vir para Cambridge comigo.

— Ah, tá. Prazer então, Harry — ela o cumprimentou.

Havia ensinado algumas coisas do português para ela e pelo jeito ela havia praticado, pois até o sotaque estava diferente. Ela era a única prima oficialmente americana que eu tinha. As outras moravam em solo norte-americano, mas eram brasileiras.

Minha prima amava escutar música, principalmente enquanto fazia projetos de design. Ela tinha uma trilha sonora para cada dia da semana, e toda semana a lista era renovada.

Ela pediu licença e foi terminar um projeto. Convidei Harry para levar as coisas dele para o quarto e fomos para a praia, que não era muito longe da casa dela.

Harry ficou admirado com tamanha vista, era tudo muito lindo. Eu já havia ido para lá, mas fazia muito tempo. Ficamos lá até sete da noite, quando já havia escurecido.

Voltamos para a casa da minha prima, e ela ainda estava envolvida no projeto. Peguei a *playlist* que ela estava ouvindo e chequei as músicas.

Playlist do momento:

1. "Thinking out loud" – Ed Sheeran
2. "Confident" – Demi Lovato
3. "Cool for the Summer" – Demi Lovato
4. "Shake it off" – Taylor Swift
5. "Good for you" – Selena Gomez
6. "What do you mean" – Justin Bieber
7. "Dark Horse" – Katy Perry
8. "Worth It" – Fifty Harmony
9. "Pity Party" – Melanie Martinez
10. "Teddy Bear" – Melanie Martinez

A música que estava tocando era "Pity party", da Melanie Martinez. Minha prima estava contando que, na noite daquele dia, uma cantora estaria na praia, fazendo um show beneficente.

Perguntei qual o valor, para irmos nos divertir um pouco, e ela disse que era gratuito, que só precisava levar um alimento não perecível. Decidi levar Harry, já que tanto eu como ele havíamos gostado das músicas.

O show beneficente era às 20 horas. Chegamos lá por volta das 19h50, porque a entrada era limitada, eles haviam cercado a praia.

Haviam feito uma decoração superfofa, e Laura, a cantora, já estava no camarim, se arrumando. Só tinha quinhentas vagas para a parte mais próxima; quem não quisesse ajudar, podia assistir, só que de longe.

Levamos três quilos de arroz, e quando chegamos havia apenas treze vagas. Achamos um local perto do palco e o show começou exatamente às sete.

Ela começou a cantar. Foram quinze músicas e o show acabou a uma da manhã, porque havia outros cantores para se apresentarem. Eles fizeram um sorteio para que dez pessoas pudessem entrar no camarim da Laura e tirar fotos com ela.

Por incrível que pareça, eu e Anne estávamos no meio dessas pessoas. Harry não ganhou, mas disse que ficaria nos esperando ali. Entramos no camarim e era tudo muito chique: muita comida, os looks que ela usou no show, as maquiagens... Tudo muito lindo.

Laura apareceu. Eu disse que tinha amado as músicas dela e conversei um pouco com ela, até que um menino de touca apareceu.

Reconheci-o de primeira. Era Frederico, mas o que ele fazia lá? Foi aí que me toquei: no dia em que entrei no Facebook dele, apareceu que ele estava namorando uma Laura, e, para minha surpresa, era exatamente ela.

Fiquei sem reação e tentei fazer com que ele não me visse, mas é claro que, com a pessoa mais sortuda do mundo, ele tinha que me ver.

— Oi, Sophie, que legal te encontrar aqui de novo!

— É... Mas você não estava aqui em férias?

— Eu estou. Vim para cá passar uns dias com a Laura. Ela é minha namorada!

— Ah, que legal! — Fingi que não sabia de nada e olhei para o lado.

Não guardava rancor dele, mas depois de tudo que ele tinha feito... Eu não tinha esquecido tudo aquilo!

Fui para o outro lado. Anne estava conversando com a tal cantora, e Frederico, observando tudo. Confesso que muitas vezes olhei para ele.

Sei que era comprometida, mas vê-lo com outra menina doeu, doeu muito. Só que não podia ficar daquele jeito, ele também devia se sentir mal em relação ao Harry.

Ela terminou de conversar com Laura, e então saímos do camarim e fomos até meu noivo. Ele ficou curioso para saber o que rolou lá, então contei tudo com todos os detalhes possíveis (ops, ocultando a parte do Frederico) e mostrei as fotos.

Antes de irmos para a casa da minha prima, passamos no McDonald's e pegamos um hambúrguer.

Cheguei à casa de Anne, tomei banho e dormi. Estava exausta da viagem, do show e do que tinha acontecido no camarim.

Acordei a uma da tarde, e parecia que não tinha dormido direito, porque até com olheiras eu estava. Não estava com vontade de ir à praia, mas, como não ia poder ficar em casa, fui arrastada para lá.

Como não tinha almoçado, peguei uma porção de batatas fritas no caminho e fui comendo.

Saindo da praia, queria passar no shopping. Como não estava com roupas apropriadas, voltei para casa, me arrumei e fui com Harry ao shopping, já que Anne tinha que terminar outro projeto.

O restaurante era superchique (e supercaro), mas, às vezes, gastar um pouquinho mais do que se deve vale a pena...

Ficamos lá até tarde e só saímos quando percebemos que não havia mais ninguém a não ser um garçom e alguns cozinheiros.

Ao amanhecer, acordei disposta, porque naquele dia não ficaríamos em Miami, e sim em Orlando, no parque mais visitado do mundo.

A viagem demorou cerca de três horas e meia. Só ficaríamos lá por dois dias, então eu queria aproveitar o máximo possível.

Ficamos em um hotel perto dos parques, e logo no primeiro dia conheci alguns deles. Conheci o Epcot, fui a cada uma das montanhas-russas e gritei a cada volta.

Almoçamos em um *fast-food* e de tarde fomos ao Disney's Typhoon Lagoon Water Park, que é um parque onde há tobogãs, piscinas, boias... É o máximo!

Para finalizar o dia, fomos ao Magic Kingdom, onde jantamos e vimos de perto todos aqueles fogos e aquela iluminação.

Passamos a noite em claro, sem conseguir dormir, de tanta ansiedade para o que viria a acontecer no outro dia.

Só consegui descansar às três da manhã, e quando deu oito horas já estava acordada. Havíamos combinado de ir ao Sea World para ver aqueles animais fantásticos.

Almoçamos em um restaurante que ficava perto do parque a que iriamos à tarde, o Disney's Animal Kingdom. Nesse parque, conheci animais dos quais eu nem sabia da existência. Havia de todo tipo: selvagens, aves, répteis.

Para fechar a noite em Orlando, fomos a um restaurante superfofo. A decoração era da Cinderela, e o nome dele era Cinderella's Royal Table. Antes de acabar, já estava com saudades de tudo aquilo.

Nosso voo era uma da tarde, mas teríamos que ir para o aeroporto às nove para fazer o *check-in* e também porque eu queria tomar café no Starbucks.

Quando o Sol nasceu, estava tão desanimada em deixar tudo aquilo para trás... Havia feito muitas compras: roupas, calçados, chocolates e mais chocolates. Deixei tudo registrado em fotos, mas não queria sair dali.

Naquele exato momento, olhando para as meninas fantasiadas de princesas no Magic Kingdom, eu só queria ter o trabalho que elas tinham, e ficar tirando fotos e conversando com as crianças. Esse seria o trabalho dos sonhos.

Antes dessa viagem, nunca havia colocado o pé em Orlando, mas já queria voltar o mais rápido possível. Lá era tudo perfeito... Tudo fascinante.

Faltavam apenas quatro dias para voltarmos à nossa cidade, mas queríamos morar ali para sempre.

Capítulo 13

Chegamos a Miami e aproveitamos os últimos dias. Tudo passou muito rápido e, quando vimos, lá estávamos nós em Massachusetts, de volta a nosso lar.

Pegamos um táxi e fomos para meu apartamento. Wuffy havia ficado com um vizinho, e a primeira coisa que fiz quando cheguei foi buscá-la.

Quando o vizinho, Josh, abriu a porta, Wuffy veio correndo e me lambendo; ela também sentira minha falta. Conversei com Josh e lhe agradeci por ter cuidado dela, então voltei para casa.

Harry já estava no banho e eu fui desfazer minhas malas. Tudo estava ótimo quando, de repente, Flávia me ligou. Fiquei preocupada, mas no final das contas ela só queria me contar algumas novidades.

Desarrumei as malas e preparei algo para comer. Estava com vontade de escrever, então decidi pegar meu caderno de poesias e começar um novo poema para falar sobre tudo o que estava acontecendo.

Terminei o poema no mesmo instante que Harry terminou o banho. Ele foi comer o sanduíche que eu havia feito para ele, e eu entrei no banho.

Estava tão cansada que pensei em ficar ali, embaixo do chuveiro, me refrescando, por causa do calor de quarenta graus que estava fazendo.

Finalizei o banho e fui deitar um pouco para ler, mas não consegui. Minha mãe me ligou no Skype, então me sentei à mesa de escritório, liguei o notebook e fui conversar com ela. Logo em seguida, Danielle apareceu na videochamada e quis saber como era a Disney. Contei todos os detalhes daquela aventura.

Ela disse que queria ter ido comigo, e respondi que da próxima vez eu a levaria.

Anoiteceu. Fomos dormir cedo porque no outro dia haveria aula.

Quando o Sol nasceu, Harry acordou e fez o café da manhã, enquanto eu tomava banho. Ele tomou café comigo e, em seguida, entrou no banho.

Harry me levou até a universidade e foi para a dele. Só que se esqueceu de me avisar que iria direto para o estágio, então quando acabou a aula fiquei esperando igual uma boba na frente da faculdade.

Almocei no shopping e fui para casa buscar a minha roupa de bailarina. Cheguei um pouco atrasada na aula e um pouco suada também.

Estranhei, porque havia poucos alunos; muitos faltaram. Dei minha aula e voltei ao shopping, pois havia combinado com Harry de nos encontrarmos lá.

Ele mais uma vez se atrasou, então resolvi comprar uma pequena porção de batata frita. Fui pagar o lanche e alguém gritou pelo meu nome. Olhei para os lados, mas não vi nenhum rosto familiar.

Virei-me para retirar o lanche, e mais uma vez me chamaram, dessa vez nem olhei. Sentei-me à mesa e fui comer, e continuaram gritando pelo meu nome. Quem seria? Seja lá quem fosse, era bem insistente.

Tirei meu celular da bolsa e liguei para minha mãe. No momento em que liguei, um celular tocou. Olhei para baixo e guardei o celular, já que havia entrado na caixa postal. Quando ergui a cabeça, estavam minha irmã, minha mãe e meu pai sentados a minha frente.

Alegrei-me pela surpresa, mas me perguntei como eles sabiam que eu estaria no shopping. Isso seria armação de meu namorado?

Ficamos conversando e Harry apareceu. Perguntei por que a demora e ele explicou que, pelas faltas da semana anterior, o gerente do estágio queria que ele fizesse hora extra.

Acabou anoitecendo, e, como minha mãe sabia que meu aparamento era pequeno, ela foi para o hotel com meu pai, e minha irmã dormiu em minha casa.

Eles ficariam lá por uma semana, pois a empresa em que trabalhavam havia entrado em greve. Dani ficou feliz, porque estávamos na última semana de fevereiro, o que significava que o aniversário dela, no dia 4 de março, estava chegando.

Dani passaria o aniversário em família. Fomos dormir bem tarde, porque ficamos assistindo a filmes e comendo pipoca e brigadeiro.

Quando acordamos, minha mãe foi para o meu apartamento, para ficar com a Dani, já que eu e Harry passaríamos o dia na faculdade e depois no trabalho.

Naquele dia, voltei mais cedo do serviço para ficar mais tempo com minha família.

Cheguei, tomei um banho e levei-os para conhecer o zoológico, porque Danielle queria ver os animais selvagens.

Estávamos próximos ao zoológico e de lá já dava para ouvir os rugidos do Clermen, o leão.

Minha irmã estava ansiosa para ver um leão de pertinho, e minha mãe, para ver um tigre asiático. Como meu pai já havia ido a Cambridge uma vez, não estava ansioso, porque, tudo o que nós fazíamos, ele já havia feito uma vez.

Danielle ficou encantada com todos aqueles animais, porque na Europa não era comum vê-los.

Saímos de lá por volta das oito da noite e fomos para casa. Harry tinha dito que iria cozinhar.

Como o sábado estava chegando, decidi levá-los até Boston, capital do estado onde eu morava.

Chegamos lá em quinze minutos, por ser uma cidade bem próxima da minha.

Levei-os para tomar um café, e aquela cidade fez meu pai ficar tão encantado que ele até cogitou a ideia de ir morar lá, mas logo essa ideia foi reprovada.

Fui ao banheiro e, quando estava voltando, uma menina segurou meu ombro e me fez virar.

— Sophie?

Era Laura. Ela havia se lembrado do meu nome. Fiquei tão feliz em ser reconhecida por uma menina tão talentosa.

— *Laura, how nice to meet you here.* (Laura, que legal te encontrar aqui).

Por incrível que pareça, ela pediu meu número de telefone para quem sabe conversarmos melhor, porque a estilista dela havia sido demitida. Expliquei a ela que a área em que eu queria trabalhar era design de filmes, e não de roupas.

Ela disse que sabia que eu desenhava bem, e realmente queria que eu trabalhasse com ela.

À noite, voltamos para Cambridge e meus pais levaram Danielle junto para o hotel.

Como não trabalhava no dia seguinte, eu e Harry ficamos acordados até tarde.

Na noite daquele mesmo dia, chegou uma mensagem para mim de um número desconhecido. Perguntei quem era, e era a Laura.

Ela realmente queria que eu trabalhasse com ela, e eu ficava pensando: por que ela não contratava alguém experiente em desenhar roupas? Por que ela queria que eu fizesse suas roupas, sendo que ela tinha dinheiro para pagar um estilista profissional?

Pensou na minha proposta, Sophie?

Aprendeu a escrever em português? Pensei sim.

Fred está me ajudando. HAHAHAH! Pensou mesmo?

Pensei, e eu aceito, mas tenho que pedir demissão do meu emprego. Se quiser, segunda mesmo começo.

Ah, que ótimo, Sophie. Obrigada de verdade. Amanhã você pode me encontrar em um restaurante, para almoçarmos juntas?

Posso sim, no shopping? Obrigada pelo emprego, Laura!

Pode ser! Por nada, Sophie. Você merece, seus vestidos são lindos.

Domingo de manhã havia aula de natação na escola onde trabalhava, então acordei, fui até lá e pedi demissão. Foi rápido, só precisei assinar alguns papéis e pronto.

Fui direto para o shopping e esperei por Laura. Ou ela demorou ou eu cheguei um pouco cedo. Peguei um refrigerante e esperei.

Logo a vi de longe e ergui a mão. Ela estava com Frederico; sinceramente, parecia que aquele menino estava me perseguindo.

Ela se sentou, e eu a cumprimentei. Conversamos sobre o que eu teria que fazer, qual seria meu salário, e realmente parecia que tinha feito uma boa escolha em aceitar aquele emprego.

Só que havia um porém: Laura queria que, quando fosse para as turnês, eu fosse junto com ela. Expliquei sobre a faculdade e ela disse que eu não precisava ir, mas que, quando pudesse, queria minha presença.

Perguntei como ela sabia que eu estava em Cambridge, e ela disse que Frederico havia dito.

Um menino alto, moreno, chegou, e Frederico sentou-se com ele. Decerto era um amigo, mas era melhor assim, porque aí poderíamos conversar sozinhas.

Depois que terminamos de falar sobre emprego, conversamos sobre vários assuntos: moda, namorados, lugares... Agora, além de uma patroa, eu tinha uma amiga.

Harry me buscou no shopping e perguntei se Laura não queria ir à minha casa. Ela achou uma boa ideia, avisou o namorado, e fomos.

Tiramos algumas fotos, e Laura postou uma delas. Vi que em segundos a foto tinha vários comentários, curtidas, e aquela foto fez com que meus seguidores do Instagram aumentassem; de 580 seguidores passei a 3.164 seguidores em cinco minutos.

Laura passou o dia lá em casa, mas quando Frederico foi buscá-la, teve que se despedir. Nós nos veríamos no outro dia.

Confesso que muitas vezes, tanto no shopping quanto quando ele foi buscar Laura, Frederico olhou para mim.

No momento em que ia fechar a porta do apartamento, vi no chão uma pequena caixinha. Abri-a e dentro havia um anel e uma carta. O anel era fofo, e na hora pensei que Frederico iria pedir Laura em casamento e sem querer deixara o anel cair, mas abri a carta e vi que não era nada do que eu estava pensando.

Oi, gatinha, tudo bem?

No dia em que eu te encontrei no avião, fiquei olhando para você e lembrei-me do nosso passado.

Peço desculpas pelo que fiz e quero que me perdoe.

Espero que não guarde mágoas daquilo.

Como pedido de desculpas, que tal você deixar esse cara e vir morar comigo? Agora tenho dinheiro e você nem imagina quantas meninas não gostariam de me namorar!

Estou te dando essa chance, aceita?

Não acreditei no que li; achei que era uma brincadeira, mas não era. Tinha que contar aquilo para Laura, ela não poderia continuar namorando aquele idiota.

No outro dia, acordei, fui para a faculdade e à tarde fui até a casa que Laura havia comprado, onde conversaríamos sobre um vestido que ela gostaria de usar no show que faria em Nova York, na semana seguinte.

Levei o anel e a carta, e, na hora que ia entregar, Frederico apareceu. Guardei o anel na bolsa, e só quando ele saiu eu mostrei.

Não sabia como contar, apenas entreguei a ela. Foi quando ela desabou em lágrimas. Consolei-a. Ela disse que era melhor assim.

Acabamos nem falando do vestido, e, quando voltei para casa, outra carta.

Você acha que eu não vi o que você fez, né?

Devia ter ficado de boca fechada. Se não queria voltar comigo, ficasse quieta.

Agora, destruiu minha vida...
Você vai pagar por isso!

Adeus, fofoqueira.

Frederico Fettini

O que esse menino queria comigo? Será que ele não sabia que eu estava noiva?

Agora a Laura estava desconsolada, o Frederico, com raiva de mim, e eu, sendo ameaçada.

Joguei o bilhete fora e fui dormir; não iria me preocupar com aquilo.

De madrugada, bateram à porta, mas não tive coragem de ir atender e então deixei. Insistiram por muito tempo, até que pararam. Quando acordei e fui para a universidade, outro bilhete.

Se você acha que vai sair imune dessa, está muito enganada. Já que destruiu a minha vida, o mínimo que posso fazer é destruir a sua... Quando você menos esperar, todos se afastarão de você, aí quero ver... Vai ficar sozinha!

Boa sorte com sua vida...

HAHAHAHA

Dessa vez, não tinha assinatura. Voltei para dentro de casa e peguei de volta o bilhete da noite anterior; era a mesma letra. Frederico estava me ameaçando. Fui mais uma vez até a casa de Laura, e dessa vez ela estava animada.

Conversamos sobre o vestido, eu o desenhei e ela amou. Depois fizemos um lanche, e mostrei os bilhetes para ela. Ela ficou assustada com aquelas ameaças, mas disse para nem ligar, que Frederico iria se esquecer dessa história e na semana seguinte já estaria com outra.

Assim se passou uma semana e ele publicou uma foto, com uma tal de Fernanda Julia, e havia parado com os bilhetes. Mas pelo jeito ainda estava em Cambridge.

Quando voltei para casa, Harry disse que havia chegado uma correspondência para mim. Abri o envelope e era outra carta, mas dessa vez com outra letra.

Oi.

De certa forma, você deve estar se perguntando quem é. Enfim, não importa, só quero te agradecer por ter mostrado aquela carta que Frederico te enviou para a ex-namorada dele.

Agora ele já está com outra. É... ele está comigo.

Sei que você já o namorou, e fez cada coisa com ele, que fez com que ele terminasse com você... E agora você manda envelopes com corações e bilhetes fofos para ele?
Querida, você perdeu, ele agora é meu. Não quis antes, perdeu.

Nem venha querer reconquistá-lo, aceite que ele não te quer mais.

Acho até que ele já te esqueceu. Para ele, você é passado, aceite de uma vez e pare com cartinhas de amor.

Fernanda Julia

Não aguentei aquela menina sendo irônica comigo e respondi, enviando para o mesmo endereço que a carta chegou a mim:

Olha aqui, FERNANDA LAURA, para sua informação, fui eu mesma que terminei com ele, e sabe por quê? Porque ele me traiu.
Estou te dando um conselho: ele já traiu duas meninas, quem sabe você não é a próxima?
Outra coisa, você tem problema? Que cartas são essas? Está louca ou o quê?
Ainda bem que eu o perdi, não aguentava vê-lo mesmo, ele já me traiu e traiu minha amiga também, tome cuidado... As aparências enganam, queridinha!
Dois beijinhos para o recalque, amor!

Sophie Lourent

Esperei pela resposta dela enquanto ia para a casa da Laura, o que já era rotina para mim. Ela estava superansiosa para saber se alguém tinha mandado alguma outra carta, então mostrei a que a namorada dele me mandou, e ela só conseguiu rir de tanta besteira que disse.

Fiquei até tarde na casa dela. Laura pediu para dormir na casa dela, e eu aceitei; como aquela casa era gigante e tinha quatro quartos, eu dormiria em um.

Liguei para Harry e pedi para ele levar uma peça de roupa e a última carta que chegou.

Ele trouxe a roupa, mas não havia nenhuma carta, e sim uma caixa. Abrimos juntas e começamos a lê-las na sala.

Havia várias cartas, e lemos todas. A primeira era da Fernanda:

Não se faça de desentendida.

Seguem as cartas que VOCÊ enviou a ele.

Fernanda Julia

Aquela nova namorada dele era meio boba. Continuamos a ler as cartas enviadas:

Estou com saudades de você, volta para mim?

❤ Sophie Lourent

Estou com saudades. Volta para mim, meu amor?

SOPHIE LOURENT

Continuamos a ler todas as cartas e bilhetes que estavam assinados em meu nome e decidimos nem responder. Aquela história acabava ali.

Fomos dormir e, no outro dia, ao acordar, tentei fazer o mínimo de barulho possível, mas não adiantou nada, Laura já estava retornando da academia.

Arrumei-me e fui para a faculdade, depois voltaria para lá.

Estava gostando bastante de ser estilista e já estava cogitando a possibilidade de, em vez de ser designer gráfica, ser designer de moda.

A formatura de Harry era naquela semana, e havia convidado Laura para ir. Pedimos para a costureira dela fazer dois vestidos: um roxo longo para ela e um azul-esverdeado para mim.

Ela atendeu ao nosso pedido, e, no outro dia, passei o desenho deles para ela. Por incrível que seja, no mesmo dia o vestido estava com a gente.

O dia de meus pais irem embora chegara, e eu estava com o coração apertado em ter que deixá-los ir, mas eles não tinham outra escolha.

Capítulo 14

O *dia da grande* festa havia chegado. Passei o dia no salão com a Laura e de noite Harry nos buscou. Nunca havia visto Harry tão bonito como ele estava naquele dia.

Sentamo-nos à mesa onde estavam os pais de Harry e a irmã dele, que tinha 14 anos.

Logo começaram a chamar os nomes dos formandos. Harry foi o 13º a ser chamado, então teve toda aquela cerimônia e depois começou oficialmente a festa.

A festa era um baile de máscaras, e assim pude aproveitar melhor a companhia da Laura, porque sem a máscara ela estaria rodeada de paparazzi e de fãs.

Ela estava gostando de morar em Cambridge; era totalmente diferente de Miami, mas gostava.

A festa foi até as cinco da manhã. Quando saímos de lá, já estava praticamente de dia. Eu, Harry e Laura dormimos em minha casa (dormimos mesmo, porque naquele dia não estudaríamos, nem trabalharíamos).

Quando acordamos, uma hora da tarde, fomos ao shopping comer um lanche, e depois Harry nos deixou na casa da Laura. Ele me contou que três empresas o haviam chamado para trabalhar. Ele iria estudar as propostas e aceitaria a que mais lhe agradasse profissionalmente.

As propostas recebidas eram de grandes estúdios: Warner Bros, Paramount e DreamWorks. Só havia um problema: os três estúdios eram na Califórnia.

Ele acabou aceitando a proposta da Warner. Não fiquei feliz pela escolha dele, porque iríamos ter que nos separar, mas ele me fez uma promessa: nas férias e feriados sempre nos encontraríamos, e ele continuaria me ajudando a pagar o aluguel do apartamento.

Agradeci por se preocupar comigo e disse que dessa vez estávamos comprometidos, então não havia por que dar um tempo.

Harry iria ver apartamentos em Burbank — CA, onde ficava a sede do estúdio. Ele teria que ir para lá na semana seguinte.

Na casa da Laura, desenhei inúmeros vestidos, e ela havia amado todos. A turnê de lançamento do CD começaria em março, então nessa primeira turnê eu poderia estar presente, porque os professores estariam fazendo um curso na Europa.

Laura passaria por quinze estados dos Estados Unidos, e para cada cidade, queria um vestido diferente, então fiz vinte vestidos e ela descartaria cinco.

A turnê começaria dia 14 e acabaria no dia 29. Já estávamos no dia 10, então precisávamos apurar as coisas.

Estava ensinando Laura a falar português, e ela estava se dedicando bastante, já sabia várias palavras e conseguia montar frases.

Chegara o dia da minha ida. Harry ficaria no meu apartamento por mais dois dias até ele também partir. Me separar dele mais uma vez era difícil, e, como Flávia sempre me disse... eu tenho o coração muito mole.

Entrei no avião e dei o último aceno para ele. O avião era particular e pequeno, e lá estavámos eu, Laura, a costureira e a produção.

Havia também uma criança que devia ter uns nove anos. Laura me disse que aquela era Jenny, sua irmã mais nova. Além dela, também tinha um irmão, o Dylan, que tinha 23 anos. Jenny estava indo com a gente porque seu pai estava viajando, e ela não tinha mãe.

Laura não quis contar como sua mãe morreu, então respeitei o silêncio dela. Jenny estava tão radiante! Era muito bonita, e o seu sorriso me lembrava a minha irmã.

O cabelo dela era liso e castanho. O que me surpreendeu foram seus olhos azuis, mas não um simples azul, era um azul forte e muito bonito.

Ela passou quase que a viagem inteira cantando músicas de sua irmã (que até eu já sabia de cor, de tanto que ela cantava), mas acabou adormecendo. O show da minha amiga seria naquele dia, mas tínhamos tempo, ainda estava de manhã.

Logo no primeiro show, um incidente: a menina que cantaria com Laura naquele show havia se acidentado indo para o local, e não tínhamos nenhuma substituta.

Minha amiga estava desesperada porque ela já tinha programado tudo.

— Sophie — ela gritou. — Você!

— Eu o quê? — Conhecia aquele sorriso malicioso. — Não, nem pense que cantarei com você.

— Por que não? Já te vi cantando e você tem uma voz linda... Por favor!

— Eu não tenho nenhuma voz linda, e outra, não sei a letra das músicas. — Tentei disfarçar.

— Claro que sabe. Por favor, amiga, por mim?

Laura estava quase chorando de tão preocupada que estava, então acabei concordando. O show começou e, quando subi ao palco, tive vontade de sair correndo com tanta gente me olhando.

Cantei umas cinco músicas com ela, e depois ela terminou o show em solo. Minha roupa era uma que Laura havia usado em um show passado e confesso que havia ficado um pouco apertada.

Porque uma coisa que a Laura tem a mais que eu é cintura. Ela me agradeceu por ter aceitado participar, e elogiou pelo meu grande desempenho.

Ela disse que eu iria ganhar o devido dinheiro por ter feito aquilo, mas eu disse que não precisava; tinha feito aquilo por ela, e não pensando em receber algo em troca.

Fomos para o hotel, onde pedimos uma comida italiana para fechar o dia com chave de ouro. Deitei na cama do hotel, que por sinal era muito confortável, e chequei meu Instagram.

Fiquei impressionada com o tanto de elogios que havia recebido. Fui ver os novos seguidores e, para a minha surpresa, depois daquele show, eu havia ganhado dois fã-clubes em homenagem a mim.

Fiquei tão feliz, mas tinha que agradecer a Laura por aquilo ter se tornado realidade. Jantei e fui direto para cama. Estava exausta, e no outro dia estaríamos em Las Vegas, a cidade onde eu cresci.

Acordei tarde, mas bem-disposta para mais um dia de trabalho. De manhã estava inspirada, então fiz alguns rabiscos em meu caderno, mas eles acabaram se tornando um belo vestido de casamento.

Gostei tanto daquele desenho que o guardei na bolsa. Almoçamos no hotel e fomos passar as músicas mais uma vez. Cantaria com Laura novamente, e confesso que estava gostando de todo aquele carinho.

Quando encontrei minha amiga, ela veio correndo em minha direção com o celular na mão, e logo que chegou entregou o celular a mim. Era uma notícia, mas não era uma notícia qualquer; era uma notícia sobre mim.

Menina de apenas 16 anos surpreende a todos em uma grande performance no show de sua amiga

A amiga e estilista oficial da cantora e atriz Laura Lyssa surpreende a todos com o seu belo desempenho em um show da turnê de Laura.

A jovem se chama Sophie Lourent e tem apenas 16 anos, mas mostrou seu grande talento em um inesperado convite.

"Eu iria cantar com uma menina de 19 anos, mas ela teve um imprevisto e não pôde comparecer. De primeira lembrei que Sophie cantava e implorei a ela para que cantasse junto a mim", conta a atriz.

"Eu amei ver a amiga de Laura no palco e espero revê-la", diz um fã.

Como todos gostaram, a produção da cantora entrou em um acordo e, se o novo talento americano quiser, ela sairá mundo afora cantando músicas junto a Laura.

Olhei para Laura e para sua produção, e, ainda sem fôlego, falei:

— Isso é sério? Vocês estão me convidando para cantar junto a Laura?

— Bom, se você... — uma das produtoras começou a falar.

— Sim, sim e sim. Aceita, amiga? Você tem um talento incrível e eu adoraria cantar com você em minhas turnês! — Laura interrompeu.

— Não sei... — finalmente falei. — Isso seria abandonar meu sonho de fazer Design e de estudar numa universidade tão boa. Eu não posso perder essa oportunidade.

— Sophie, pense bem — a produtora falou. — Você poderia trancar a faculdade por um mês e terminar essa turnê com Laura. Você conversa com seus pais e, se gostar... Bom, a escolha é sua.

Concordei em arriscar minha faculdade inteira, e, no outro dia, minha mãe já havia "trancado" o meu sonho. Avisei meu namorado, todos os meus parentes e amigos mais próximos, e todos ficaram felizes com minha iniciativa.

Capítulo 15

Um mês se passou e eu não sentia saudade da universidade. Teria que escolher o meu futuro em dois dias, para fechar o contrato com a gravadora.

Conversei com toda a minha família, e todos disseram para eu fazer o que meu coração mandava. Então estava decidida a perder tudo para começar uma carreira que eu nem sabia se daria certo.

Aceitei a proposta de emprego e cancelei permanentemente o meu "antigo" destino, dizendo olá ao mundo que me esperava.

No outro dia, já estava no meu novo emprego, cantando inúmeras músicas. E, pelo que percebi, eles ficaram felizes, porque cheguei com a minha primeira composição:

Será?
Será que fiz a escolha certa?
Será que abandonar tudo foi certo?
Será que não devia ter seguido meu sonho?
Será que meu mundo mudará?
Será? Será?
REFRÃO
Botei tudo a perder,

Entrei num novo lugar
Que nem sequer um dia
Eu acreditaria...
Segui meu coração, não tinha o que perder
Mas agora será que nada vai mudar?
Será? Será? Será? Será?

Gostei do resultado, e todos gostaram também. Fiquei feliz porque o meu primeiro projeto tinha dado certo. Peguei o violão que estava no estúdio e mostrei o ritmo da música a eles.

Comecei a cantar e me perdi em meus pensamentos, lembrando-me de tudo o que tinha deixado para trás, a começar pela minha família, minha tia, meu namorado... todos que eu mais amava.

Uma lágrima escorreu em meu olho, e eu pedi desculpas, fui ao banheiro, limpei meu rosto e retoquei o rímel, que havia escorrido.

Voltei me sentindo determinada. A escolha havia sido minha, e as consequências também foram culpa minha, agora teria que mudar todo meu estilo de vida para me tornar uma grande cantora.

Ganhei uma costureira e várias produtoras, mas continuava desenhando meus vestidos e os da Laura.

Nunca pensei em me tornar uma cantora, muito menos ter minha vida exposta. Em apenas uma semana de trabalho, já havia visto três manchetes sobre mim nos jornais.

> Sophie Lourent Moore, o novo sucesso pop, assinou contrato com a gravadora Music.com e já está trabalhando em um novo projeto

> Sucesso nato, depois do belo show que a nova cantora Sophie Moore fez com Laura Lyssa, sua produção está programando novos shows em várias partes dos Estados Unidos

> Nova cantora pop, Sophie Lourent! Conheça tudo sobre essa garota que já é sucesso internacional!

Confesso que estava feliz com todos aqueles elogios recebidos. Aquele realmente era o trabalho dos sonhos... Trabalhava com o que gostava, recebia carinho de fãs (os propriamente ditos Sophielovers) e todo aquele sucesso me contagiava.

Meus seguidores já ultrapassavam a marca de 10 mil, e meu canal no YouTube, em que postava vídeos cantando, já estava com mais de 7 mil inscritos.

Saí da gravadora, junto da minha mais nova produtora, e fomos até um shopping, onde me pediram meu primeiro autógrafo.

Conversamos sobre a turnê da Laura, que havia dado um tempo por chuvas fortes nos locais onde passaríamos, mas na semana seguinte já voltaríamos.

— Então, Sophie, agora que você está se tornando conhecida, precisamos arranjar novos shows para você — minha produtora, Julie, falou. — Estávamos vendo para você estrear como cantora solo num show em Burbank, Califórnia.

Na hora nem me toquei e falei que tudo bem, mas, depois...

— Calma aí, você disse Burbank? — exclamei. — Burbank, na Califórnia? Que dia? Que horas? Vamos, vamos!

Julie ficou surpresa com minha ansiedade e disse que o show seria dia 26, no mesmo dia em que Laura estaria em turnê.

Conversei com ela, que ficou feliz por mim. E disse que tudo bem, ela conseguiria sozinha. Agradeci a ela por concordar.

Naquele momento, só queria pegar meu celular e ligar para Harry. Nós precisávamos nos encontrar.

Chegara o dia, o meu dia. Estava muito ansiosa. Meu voo era de madrugada, então nem dormi, porque à uma teria que estar no aeroporto.

Harry havia confirmado presença, e eu estava feliz em poder reencontrá-lo.

Cheguei lá, almocei e fui fazer o ensaio final, no palco de um estúdio. Havia conversado com minha produtora, e ela disse que provavelmente eu teria que morar em Las Vegas, onde ficava a sede da empresa.

Fiquei feliz, porque em Cambridge era tudo longe. Para ir até Harry eram quarenta e três horas de viagem, e se fosse morar em Las Vegas, seriam apenas quatro horas.

Nada poderia mudar aquele dia, então, quando anoiteceu, e eu subi no palco, subi determinada, procurando Harry para depois lhe contar tudo.

Comecei a cantar, mas meus olhos procuravam Harry. Durante três músicas, fiquei procurando-o, e só na metade da quarta música enxerguei-o, mas tentei não me concentrar nele, não queria nunca mais vê-lo.

Passei o olho direto, porque tudo o que menos queria ter visto foi o que vi. Harry estava beijando outra, *na minha frente.*

Tentei não me concentrar nele e me concentrar apenas em todo o carinho que estava recebendo, mas não consegui; aquela imagem ficava repercutindo na minha mente.

Acabei o show e fui para minha primeira sessão de fotos com fãs. Tentava tirar aquela imagem de meus pensamentos, porém não conseguia de jeito nenhum.

Estava me cansando de tantos flashes em meu rosto, mas teria que me acostumar com minha nova vida.

Faltavam seis pessoas para tirar fotos, e duas delas eram gêmeas, a foto com elas ficou muito legal. Chegou a última pessoa da fila, uma mulher de mais ou menos 23 anos, loira e bonita.

Sabia que já a tinha visto de algum lugar, mas não sabia de onde. Quando Harry chegou atrás dela para tirar foto comigo, logo a reconheci. Era aquela infeliz que Harry estava beijando.

O incrível é que ele veio na maior cara de pau, me beijando e me chamando de nomes fofos, falando que tinha amado o show. E não tive medo, falei tudo o que estava sentindo depois que aquela mulher foi embora.

— Quem você pensa que é? Acha que vou acreditar em você? Mentiroso, falso, não quero olhar na sua cara nunca mais, sai daqui! — falei aos berros.

— O que é isso, Sophie? Esqueceu? Sou seu namorado, ou melhor, seu noivo! O que aconteceu com você!?

— Olha, Harry, eu até posso ser idiota por gostar de você, mas não sou cega. Eu te vi beijando aquela infeliz, e você ainda tem coragem de vir na maior cara de pau me elogiar? Olha, acabou tudo, tá? TUDO!

— Sophie, você enlouqueceu de vez? Eu não estava beijando ninguém, acredita em mim!

— Eu tenho provas, quer ver o que a câmera gravou? Ou se lembrou do que fez? — ironizei.

— Não vou sair daqui até você me falar do que está falando.

— Olha, Harry, quer que eu soletre? A-C-A-B-O-U! Se você não quer sair, eu saio! — Tirei a aliança de noivado, joguei no chão e saí batendo os pés.

Um dos meus produtores perguntou o que havia acontecido. Não respondi, apenas pedi que ele me levasse até a casa da Laura (mais uma vez viajando, lá vamos nós!).

Cheguei lá e não tinha ninguém em casa. Como tinha a chave, abri a porta e sentei no sofá da casa dela. Alguém tocou a campainha por volta das onze da noite.

Abri a porta e me deparei com Harry (ele foi me ver, mas eu não queria vê-lo NUNCA mais).

— Sophie, me deixa... — Não deixei terminar, fechei a porta na cara dele e voltei ao sofá.

Comecei a me lembrar de tudo, desde que nos conhecemos, e chorei. Quando ouvi alguém girando a maçaneta, corri para o banheiro para limpar as lágrimas, pois não queria que Laura me visse daquele jeito.

Ela foi até o quarto dela, então bati à porta e chamei-a. Ela abriu a porta e se assustou pela minha presença.

— Sophie, o que você está fazendo aqui? — ela falou, já caminhando rumo à sala de estar.

— Nada, só queria companhia.

— Pelo pouco que te conheço, alguma coisa aconteceu. Fala logo!

Fiquei um minuto em silêncio, me sentei, fechei meus olhos, suspirei e falei:

— Acabou tudo, amiga! — falei, já sem conseguir segurar as lágrimas.

— Acabou o quê?

— Meu noivado, meu namoro... Tudo!

— Por quê? — Laura perguntou preocupada. — O que Harry te fez?

— Me traiu na minha frente e não teve a coragem de me pedir desculpas.

Contei toda a história a ela, que ficou surpresa com aquela atitude tão infantil.

Era a segunda vez que me traíam. Deitei minha cabeça nas pernas dela e chorei, e com tanto choro acabei adormecendo.

No outro dia de manhã, não tive coragem de ir trabalhar. Se meu primeiro show foi daquele jeito, não queria saber dos próximos.

Tocaram a campainha. Fui abrir a porta e havia uma caixa no chão. Peguei-a e coloquei-a em cima da mesa de jantar.

Além de várias coisas que relembravam o meu ex-namorado, havia um bilhete:

Você entendeu tudo errado, não era bem o que você viu. Nem conhecia aquela menina, ela depois me contou que pensou que era o namorado dela. Acredita em mim, Sophie! Por que você acha que eu iria até o outro lado da cidade para te ver?

Acredite em mim, Sophie... Se ler esta carta e quiser me encontrar, meu endereço é Rua San Francisco, 8364, apartamento 17.

Harry

Não, eu não acreditaria nele. Eu o vi com meus próprios olhos beijando outra. Harry estava mentindo, eu não iria acreditar.

Peguei os objetos que estavam dentro da caixa e, cada vez que pegava um, minha raiva aumentava. Além de ele ter a cara de pau de não pedir desculpas, quando ele saiu da *minha* casa, pegou *minhas* coisas e levou para o novo mundinho dele.

Na outra semana, eu e minha amiga estaríamos indo para Las Vegas. Eu e ela havíamos comprado uma casa, e como a casa toda era com móveis planejados, só tivemos que levar roupas e utensílios domésticos.

Peguei todas as lembranças que tinha com Harry e joguei tudo no lixo. Escrevi um bilhete e coloquei em cima da mesa de Laura, dizendo que eu já estava indo para minha casa, terminar de arrumar minhas malas.

A produtora decidiu fazer duas carreiras solos, mas continuaríamos a fazer alguns eventos juntas. Ainda naquela semana estaríamos indo a Nova York para uma entrevista para um jornal internacional, porém a reportagem também estaria na revista *Famous+*.

No sábado estávamos em Nova York, para a entrevista, e na semana seguinte já consegui visualizar a revista, em cuja capa saímos eu e Laura. As entrevistas foram individuais, então comecei lendo a minha.

Aos 16 anos, nova revelação musical promete dar o que falar

Confira a entrevista com o mais novo sucesso, Sophie Laurent.

1-Sophie, como é sair de uma vida comum, de uma universitária, e de um dia para o outro virar a queridinha dos Estados Unidos?

Sophie: Bom, no começo foi bem esquisito, porque, quando estava na faculdade, não era popular, era apenas a menina nerd. Mas, no outro dia, vi várias manchetes em jornais, revistas estampando o meu rosto na capa, foi uma sensação incrível.

2-Ficamos sabendo que houve algumas brigas entre você e seu namorado. Vocês ainda namoram?

Sophie: Não, não estou mais namorando, mas foi melhor assim, não quero nem mais olhar na cara dele.

3-Sua produção nos contou sobre uma futura turnê, mas você está ansiosa para se tornar mundialmente conhecida?

Sophie: Acho que eu estou mais ansiosa que eles (risos), pois será uma nova experiência e todo mundo gosta de conhecer o mundo.

4-Você já tem várias fãs, e para elas você é um ídolo. E você teve alguma inspiração?

Sophie: Sim, e uma delas foi minha amiga, Laura, mas também sou muito fã de cantores e atores americanos. Um deles é a Sabrina Flory, uma inspiração para mim.

5- Ficamos sabendo também que você mudará seu estilo de vida, a começar pela mudança de cidade. Está gostando dessa aventura?

Sophie: Estou sim, gosto de tudo que é novo, inovador.

6-Gostaria de deixar algum recado para seus fãs?

Sophie: Sim. Bom, eu amo meus sophielovers. Sem vocês nada disso existiria, afinal vocês também me inspiram a querer cantar e compor cada vez mais. Eu amo cada um dos meus sophielovers!

Foi isso, gostou? Não deixe de nos seguir nas redes sociais.
Assine nossa revista para não perder nenhum babado.
Até a próxima edição.

Fiquei feliz pelo resultado, e aquela revista, pode ter certeza, ficará guardada para sempre.

Cheguei a Las Vegas. Por incrível que pareça, além de o aeroporto estar lotado de fãs, nós duas tínhamos dois seguranças. Entrei no carro e fomos para nossa nova casa.

Entrei em minha nova casa e me deparei com minha tia.

— Minha sobrinha linda, que saudades! — ela falou.

— Oi, tia. O que está fazendo aqui?

— Ué, estava com saudades de você. Fiquei sabendo que você viria morar aqui e entrei em contato com sua mãe e seu pai.

— Tia, eu sei que você cuidou de mim desde criança e só tenho que agradecer a você por isso, mas, antes de eu ir para a Inglaterra, você me rejeitou e me expulsou de sua casa. Acha que esqueci? — desabafei.

— Sei que não esqueceu, mas pensei que tivesse entendido meu lado. Que tal deixar isso para lá? Fiquei sabendo que você vai ser a nova estrela da família!

Conversamos um pouco, até que ela foi embora, e aí eu e Laura pudemos organizar as coisas, arrumar nossos quartos e todo o resto.

Quase não dormimos. No outro dia, tínhamos que ir até a gravadora, e estávamos exaustas de tanto mexer com as coisas de um lado para o outro.

Realmente a sede da empresa era bem maior que o estúdio de Cambridge, e eu estava muito feliz por voltar à cidade onde praticamente fui criada.

Aquela mudança até que foi boa, pois assim pude me esquecer dos meus problemas e do que me deixava para baixo.

Meu dormitório era uma suíte (que até banheira tinha), e como a casa era um sobrado, também tinha uma sacada.

Na casa havia quatro quartos: uma suíte para mim, uma para Laura, um quarto de hóspedes e o outro quarto usamos para ser nosso escritório particular.

A casa era grande e confortável, agora ninguém além de minha família sabia onde eu morava, e assim ganhava um pouco de privacidade. O que eu não sabia era que eu estava completamente enganada.

De madrugada escutei uns gritos e acordei. No relógio ainda eram cinco horas da manhã. Fui ver o que era, e Laura acordou em seguida para ir junto a mim.

Abrimos a cortina e nos deparamos com uma multidão de fãs, com cartazes, gritando: "Sophie, I love you; Laura, I love you!".

Fiquei feliz com aquilo, mas agora minha privacidade acabara.

Troquei de roupa e fui lá fora com meus fãs. O clima estava fresco, então coloquei um moletom e fui ao encontro deles.

Quando eu e Laura aparecemos, eles começaram a gritar, e eu fiquei preocupada, porque os vizinhos se irritariam.

Havia cerca de cinquenta pessoas querendo tirar fotos, pedir autógrafos. Estava tão feliz com tudo aquilo, mas esqueci dos paparazzi, e é claro que no outro dia minha foto com fãs já estava estampada em vários sites de fofocas.

A que me interessou foi a seguinte manchete:

> A cantora Sophie Laurent continua fazendo sucesso onde passa. Na manhã de hoje (12), ela foi vista com uma multidão de fãs tirando fotos e autografando em frente à sua casa

Agora, a cada respiro eu estaria em um jornal? Esperava que não. Minha privacidade já era, e eu teria que aprender a ser mais aberta.

Nem voltei a dormir. Tomei um banho, coloquei uma roupa limpa, peguei uma jaqueta e fui para a gravadora, com olheiras, por não ter dormido bem..

Já tinha começado a gravar meu novo CD, e o lançamento oficial aconteceria no final do mês, em um show com direito a sessão de autógrafos.

Naquele dia, não gravaria nenhuma música; eu iria fazer uma sessão de fotos para a capa do CD. Estava muito ansiosa para aquele novo sucesso.

Capítulo 16

O *dia mais esperado* de minha vida chegou. Às seis da tarde eu já estava no local, com um vestido que eu mesma tinha desenhado: era branco, mais curto na frente do que atrás. Eu havia amado.

O lançamento foi em Los Angeles. Comecei o show às sete e terminei apenas às nove, porque cantei todas as músicas que compus e ainda cantei algumas que foram feitas pelo meu diretor de música.

O sucesso foi total, e não dava para negar que eu estava amando cada momento de toda aquela fama. A sessão de autógrafos do CD começou e todos estavam felizes.

O sucesso era inesperado. A casa de shows havia lotado, havia mais de quinhentas pessoas prestigiando aquele momento tão especial para mim.

Apenas uma coisa fez com que voltasse a ficar com raiva: Harry havia ido lá me ver de novo.

— Calma, não vim pedir desculpas, sei que você não quer mais nada. Só queria te entregar este último DVD, das fotos que passaram no seu aniversário de 16 anos, alguns meses atrás. Agora não faz o menor sentido ficar com ele — Harry falou triste.

— Não queria que tudo acabasse assim, Harry, mas não aceitaria uma nova traição. O melhor é terminar assim, o noivado, o namoro... tudo — falei cabisbaixa.

— Tchau, Sophie. — Harry estava se virando para ir embora.

Olhei para o DVD com uma foto de nós dois. Em seguida segurei Harry pelo braço.

— Não, não posso deixar essa história de amor acabar assim.

— Eu te amo, Sophie, e nunca deixarei de te amar.

— Sofri muito, durante esse tempo, por ainda te amar, mas me promete que nunca fará isso de novo?

— Prometo, prometo de verdade.

Puxei-o e o beijei. Realmente, aquela história de amor teria que ter um final feliz.

Epílogo

Tudo terminou bem. Minha carreira estava crescendo cada vez mais, eu e Harry continuamos namorando mesmo com a distância (não estávamos mais noivos, pois percebemos que era muito cedo).

Minha prima Anne estava cada vez mais feliz com seu trabalho, e Laura sempre estava ao meu lado. Flávia terminou o namoro, porque viu que não estava dando certo, e foi para Las Vegas morar comigo.

Minha mãe e meu pai estavam felizes com meu sucesso. Minha irmã fez com que eles fossem morar em Las Vegas, para ficarmos próximos. Harry se formou e era bem-sucedido com o emprego dos sonhos.

Sim, tudo terminou bem. Não devíamos ter nos preocupado, porque a maioria das histórias de amor tem um belo final feliz.

FONTE: Minion Pro
IMPRESSÃO: Paym

#Talentos da Literatura Brasileira
nas redes sociais

novo século®
www.novoseculo.com.br